部

目安番こって牛征史郎4

早見 俊

時代小説

二見時代小説文庫

冒険の特二ロンドン

雷剣の都——目安番こって牛征史郎4

目次

序章 都行き

宝暦二年（一七五二年）四月十三日の夕暮れ、花輪征史郎《はなわせいしろう》は一人、柳橋の高級料理屋吉林《きちりん》の離れ座敷にいた。まだ、食膳も酒も整《ととの》えられていないとあって部屋はがらんとしている。

征史郎は直参《じきさん》旗本千石花輪家の次男坊だ。直参旗本とはいえ次男坊、部屋住みの身である。その征史郎が高級料理屋にいるのは、自分の意志でないことはもちろん、自分の金を払うわけでもない。将軍徳川家重《いえしげ》の側近、御側御用取次大岡出雲守忠光《おそばごようとりつぎおおおかいずものかみただみつ》の呼び出しを受けてのことだった。

部屋住みの征史郎が将軍の側近と面談するのには深いわけがある。

征史郎が忠光の知己《ちき》を得たのは、いや、雇われたのは昨年の夏のことだった。忠光が征史郎を雇ったのは将軍家重のためである。

家重は生来《せいらい》言語障害の持病を持っていた。このため、父で名将軍の誉れ高かった吉宗《よしむね》は後継将軍を選定する際、弟である田安宗武《たやすむねたけ》を推《お》すことも考えた。幕閣、御三家の間でも家重、宗武どちらが将軍に就任すべきかで二分された。さらには、朝廷からも英明として知られる宗武こそが将軍にふさわしいとの声が上げられた。

吉宗は、家重派、宗武派が対立し大きな騒動に発展することを危惧し、長子相続の原則を優先して家重の将軍就任を決定した。言語障害を危惧された家重の政《まつりごと》は大御所《おおごしょ》として吉宗が後見《こうけん》したことで、当初は順当に行われた。

ところが、昨年の六月に吉宗が薨去《こうきょ》すると、鳴りを潜《ひそ》めていた宗武を推す一派が鎌首をもたげてきた。一派は家重の失政を策動し、宗武擁立を虎視眈々と狙い始めたのだ。家重が幼少の頃より側近くに仕える忠光は家重の言葉をただ一人、聞き分けることができる。

宗武派が家重の失政を策動するにあたり、利用しようとしたのが目安箱《めやすばこ》だった。目安箱とは吉宗が民《たみ》の声を政に生かそうと、江戸城和田倉門外に設置した投書箱である。

小石川養生所が目安箱の投書によって創設されたことは有名だ。

目安箱に投書するには氏名、住所を明記する必要がある。でないと、根も葉もない事柄を好き勝手に投書できるからだ。鍵は将軍が持ち、投書は将軍のみが目を通す。つまり、目安箱への投書は将軍自らが決裁するのだ。

ここに、宗武一派は付け入る隙を見つけた。

言葉の不自由な家重に独断で決裁させることにより、失政を誘おうというのだ。そこで、忠光は目安箱の投書を検《あらた》め、厄介な投書を予《あらかじ》め解決しようと考えた。その、解決を行う者、すなわち、「目安番」に征史郎を選んだのである。

征史郎は六尺（約一八二センチ）、三十貫（約一一二キロ）という力士のような身体を羽織、袴に包み、忠光がやって来るのを待っている。約束の時刻は暮れ六つ（午後六時）だったが、少しばかり早く着いてしまった。

「吉蔵《きちぞう》、ちょっと、早かったかな」

征史郎は離れ座敷と母屋を繋《つな》ぐ渡り廊下に出た。庭が見下ろせる。四月の半ばとあって、木々の若葉が匂うようだ。初夏の日は長い。斜めに傾いているものの、暮れ六つ近いというのに周囲は明るく、池の水面を黄金色に輝かせている。池の周囲に植えてある桜や楓の長い影を廊下や地に引かせていた。

「若、てっきり、遅くなると思っていましたよ。今日は用事があるなんておっしゃってたじゃないですか」

庭で吉蔵と呼ばれた男が答えた。半纏《はんてん》に股引《ももひき》を穿《は》き、箒《ほうき》を片手に庭掃除をしている。一見して吉林の下男といった風だ。が、実はこの男、河瀬《かわせ》吉蔵といい南町奉行所の元隠密廻り同心だった。

忠光は目安番を設けるにあたり親戚で名奉行の誉れ高い大岡越前守忠相《えちぜんのかみただすけ》に相談した。忠相は、町人の訴えを聞くという役目柄町方《まちかた》の事情に精通した者が必要であると、南町奉行時代の優秀な部下であった隠密廻り同心河瀬吉蔵を紹介してくれた。

忠光は吉蔵に、実際の役目を遂行できる男を探させた。直参旗本で部屋住み、剣の腕が立つことに加え、出世欲のない男、という条件をつけた。出世の野心ぎらぎらの男では、目安番という家重を守る仕事はできないと考えたのだ。

この条件に従って吉蔵は征史郎と行き逢ったのだ。

無外流《むがいりゅう》免許皆伝という抜群の剣の腕、部屋住みで政には無関心ののほほんとした日々を暮らす征史郎はまさにうってつけの男だった。

「その予定だったんだがな」

征史郎は日に焼けた顔を残念そうにくもらせた。身体同様の太い眉が歪《ゆが》んだ。眉の下の目も大きいが、牛のようにやさしげである。このやさしげな目と大きな身体ゆえ、「こって牛」とあだ名されている。

「どうしたんです。ふられたんですか」

吉蔵はからかい半分の顔になった。

「馬鹿なこと言うな」

征史郎が横を向くと、

「図星かあ」

吉蔵は首をすくめ箒で庭を掃き始めた。

実のところ、征史郎はこの日さる娘と芝居見物に行く約束をしていたのだ。征史郎が通う下谷《したや》山崎町の町道場の娘である。道場主坂上弥太郎《さかがみやたろう》の妹早苗《さなえ》だ。

征史郎は早苗との芝居見物を楽しみにしていたのだが、早苗から急な病になったと報《しら》せを受けた。病気の者を無理に誘うわけにもいかず、征史郎は胸にぽっかりと穴が空いたまま一日を過ごしたのだった。

ぼおっと庭を眺める征史郎の耳に暮れ六つの鐘の音が聞こえた。それに合わせるかのように、仲居が急ぎ足でやって来て、

「お連れさま、お着きでございます」

「分かった」

征史郎は早苗のことを振り払うように着物の襟を正し座敷に戻った。渡り廊下を踏みしめる足音が近づき、

「待たせたな」

忠光はせわしげに座敷に入ると床の間を背負った。黒紋付の羽織に仙台平《せんだいひら》の袴を身につけた、四十路《よそじ》過ぎのどこにでもいる中年男だ。とても、将軍の側近中の側近には見えない。特徴と言えば、恰幅の良い艶やかな顔と月代《さかやき》や髭《ひげ》が入念に剃り上げられているため、白玉《しらたま》に似ていることか。

「目安箱に仁大寺《じんだいじ》の御住職から投書があったとか」

征史郎は忠光のせわしげな態度を見てすぐに用件に入った。

「ふむ、そのことじゃが」

忠光は眉間に皺《しわ》を刻んで横を向いた。障子が開け放たれ、渡り廊下が見通せる。征史郎も釣られたように目をやると仲居に案内され老僧がやって来る。忠光は居ずまいを正した。征史郎は両手をつく。

「わざわざ、ご足労、痛み入ります」

忠光が声をかけると、

「事が事ですからな。足を運んでお願いせねばと、まいりました」

老僧は静かに忠光の横に座った。地味な墨染めの衣《ころも》姿で枯れ木のように痩せ、顔には年輪を刻むかのような深い皺が無数に見える。

「呼ぶまで、入るな」

忠光は仲居を遠ざけてから、

「仁大寺の御住職法源《ほうげん》殿じゃ」

征史郎は上目遣いに法源を見た。たちまち、法源の顔が綻《ほころ》んだ。

「これは、これは」

法源の態度に、忠光は征史郎に怪訝《けげん》な目を向けてきた。征史郎はにんまりとした。

「奇遇なことですな」

「法源殿、この者をご存知でござりますか」

忠光は怪訝な表情のまま法源を向いた。

「命の恩人でござるよ」

法源は笑みを浮かべ皺を一層深くした。忠光は益々《ますます》当惑した。

「命の恩人などとは、大袈裟です。今年の正月に浅草の奥山《おくやま》で餅の大食い大会がございまして、法源殿も出場なさったのです」

征史郎は忠光の懸念を振り払おうと明るく言った。

「餅は拙僧の大好物でしてな、好きが高じて出場したのですが、これがいけませんでした」

法源は喉を押さえた。大会で法源は喉に餅を詰まらせてしまったのだ。それを征史郎が助けた。

「競技の途中であったのですが、花輪殿はご自分の優勝を犠牲に拙僧を助けてくだされた。命の恩人です」

法源は改まった様子で頭を下げた。

「そうか、そんなことが……。それは、まあ、お手柄であったな」

忠光は複雑な顔になった。命を助けたことが餅を喉に詰まらせた騒動と知り、馬鹿馬鹿しく思ったが、相手が法源とあってはなじるわけにもいかないのであろう。気を取り直すように咳払いして、

「実は、こたびの目安箱への投書の件、花輪に探らせようと存じます」

「ほう、花輪殿に」

今度は法源がいぶかしんだ。忠光は簡単に征史郎との出会いと目安番の役目を説明

した。法源は深くうなずき、

「花輪殿との縁は御仏《みほとけ》が導かれたのでしょう」

「そんな、大した男ではございません」

征史郎は頭を掻いた。忠光は無視して、

「さて、投書であるが」

投書の内容を語った。

法源の投書は先月の二十四日死亡した京都所司代松平豊後守資訓《まつだいらぶんごのかみすけくに》が病死ではなく、何者かに殺された疑いがあると告げていた。資訓が死亡する前、江戸城を勅使一行が訪れていた。その勅使の一人、錦小路有常《にしきこうじありつね》が伝奏屋敷で死亡した。忠光は資訓に錦小路の人となり、交友関係の調査を依頼した。資訓は、錦小路は朝廷がより大きな力と権威を持つべきと主張する学者竹内式部《たけのうちしきぶ》の熱心な学徒であり、田安宗武の将軍就任を熱望していることを報せてきた。

その直後の急死である。法源にそれを報せたのは知恩院の僧侶日照《にっしょう》だった。

「日照は拙僧が知恩院で修行を積んでおった頃から懇意にしております。信用に足る男です」

法源は一転して重い口調になった。忠光も厳しい顔でうなずく。

「都には田安卿が上《のぼ》られた」

宗武は錦小路の死でぎくしゃくとした朝廷と幕府の関係を改善するという名目で京都に向かっている。将軍の弟が上洛《じょうらく》するとなれば、莫大な費用を要することからお忍びの旅となっている。宗武のことだ。朝幕関係の改善に事寄せて自分の勢力拡大に励むだろう。

宗武が資訓の死に関わっているかどうかは不明だが、京都に不穏な空気が漂っていることは確かだ。

「そこで、征史郎。おまえ、都へ上り日照殿と共に豊後殿の死と田安卿の行状を調べるのじゃ」

忠光は鋭い口調になった。

「かしこまりました」

征史郎も顔に緊張を走らせる。

「花輪殿が赴《おもむ》いてくだされば、こんな頼もしいことはない」

法源は懐中から、紫の袱紗《ふくさ》包みを取り出した。忠光も袱紗包みを出す。忠光から、

「路銀だ」

金五十両が渡され、法源からも、

「餞別《せんべつ》です。五十両あります。それから、都で路銀に不足しましたら、遠慮なく日照に言ってくだされ。拙僧が手配りしておきます」

「では、遠慮なく」

征史郎は軽く頭を下げると、袱紗包みを懐に入れた。ずしりとした重みが役目の大きさを思わせる。

「では、花輪殿、くれぐれも頼みましたぞ」

法源は丁寧に言い添えると座敷を出て行った。忠光も、

「わしも失礼する。料理を運ばせるゆえ、思う存分食べるがよい。吉蔵も相伴《しょうばん》させよ」

せわしそうに渡り廊下を小走りに歩き去った。征史郎は濡れ縁に出て、

「おい、料理が運ばれるぞ、一緒に食べていいってさ」

吉蔵を手招きした。吉蔵は濡れ縁までやって来て、

「どうなりました、投書の一件？」

興味津々《しんしん》の目で見上げてきた。

「京の都に行くことになった」

「へえ、都に。そうですか、都ですか。京の都じゃ、わたしの出番はないな」

吉蔵はさみしそうに腕組みをした。

「まあ、江戸でゆっくりしてろ」

征史郎は法源からもらった餞別のうち、十両を取り出した。吉蔵はとたんに、

「いけませんよ。都で何があるか分からないじゃありませんか。それに、わたしは留守番なんですから」

「いいよ、とっておけ。おれの方は、足りなくなったら知恩院で用立ててくれるそうだから」

征史郎は小判を押しつけた。吉蔵はこくりと頭を下げ受け取った。

夕闇が濃くなった。陽が沈もうとする西の空は茜《あかね》や紫が入り混じっている。庭の石灯籠に灯《とも》りが灯され、仲居が食膳を運んで来た。

「さあ、食べよう」

征史郎は座敷に戻った。

ふと、早苗の顔が浮かんだ。当分、早苗の顔も見られなくなる。明日、会いに行こうかと思ったが、病であることと顔を見れば恋しさが募《つの》ることを恐れ、文《ふみ》ですませることにした。

京の都に剣術修行に行く、と弥太郎に文を書こう。

兄にもそう告げよう。

征史郎は急に空腹感に襲われた。

「吉蔵、早くしろ。全部食べてしまうぞ」

第一章　知恩院

一

四月の末日、花輪征史郎は京の都に立った。

勝虫小紋《かちむしこもん》の小袖に草色の袴を穿き、背には道中嚢《のう》、頭には菅笠《すげがさ》を被っている。腰には刃渡り二尺七寸（約八二センチ）という長寸の刀を帯びていた。

四月十五日に江戸を出て東海道を上った。戸塚宿、小田原宿、箱根宿、三島宿、蒲原宿、丸子宿、日坂宿、浜松宿、吉田宿、鳴海宿、四日市宿、坂下宿、水口宿、大津宿と宿泊を重ねた。そして、今朝早く大津宿を発ち五つ半（午前九時）に三条大橋の袂《たもと》に着いたのだ。

旅程半月ほどの旅だった。征史郎にとっては初めての京都である。京都ばかりか、箱根を越えるのも初めてのことだ。花輪家は禄高千石の直参旗本の家柄ながら、征史郎は次男坊、部屋住みの身である。勝手気侭《きまま》に旅を楽しむことなど、身分的にも経済的にも許されるはずもないのだ。

三条大橋に立ち、ぐるりと眺め回した。澄んだ青空の下、たおやかな山の峰がつらなり、眼下には鴨川の悠然とした流れ、目に入るものすべてがどこかみやびている。

「寺ばっかりだな」

それが、京都にやって来て発した征史郎の第一声だった。鴨川は朝日を受け水面が銀色の煌《きらめ》きを放ち、透き通った川底を見せている。都鳥《みやこどり》が欄干《らんかん》をかすめていく。橋は大勢の人間が行き来しているが、江戸と違い武士の姿が少ない。この時代、江戸は人口百万人を超えていたが、その半数が武士である。それに対し、京都は四十万あまりの人間のうち、武士と言えば所司代、町奉行所、公家に奉公する公家侍くらいで千人に満たない。

武士に代わって目につくのが僧侶だ。墨染めの衣姿の雲水《うんすい》が托鉢《たくはつ》する姿、きらびやかな錦の袈裟を身にまとった高僧が大勢の弟子を従え悠然と歩く姿が目に映る。橋を行く者達は、欄干にもたれ辺りをきょろきょろと眺めている牛のような大男に珍しそうな視線を向けながらも、警戒心を抱いているのか視線を合わせないように通り過ぎて行く。征史郎の目が届かなくなったところで、何ごとか噂でもするように小声で囁き合う。

征史郎は京見物をしようかと思ったが不案内な町で迷っては大変と、知恩院に足を向けることにした。すると、

「堪忍しておくれやす」

うら若い娘の声がする。人混みに紛《まぎ》れ姿は見えない。が、すぐに、

「人の足、踏んでからに、そら、ないやろ」

男の怒鳴り声で娘の所在が分かった。征史郎が近づいて行くと人の群れが両側に割れた。娘をやくざ者と見られる男が三人で取り囲んでいる。見て見ぬふりをする者、遠巻きに眺めている者ばかりで誰も娘の窮状を助ける者はない。

やくざ者達は面白がるように、

「ちょっと、つきあえば、堪忍したるわ」

真ん中の男が娘の手を摑んだ。娘は抗《あらが》う。ところが、男の力に抗すべくもなく引きずられるように抱き寄せられた。

「おい、やめておけ」

征史郎はやくざ者と娘の間に割り込んだ。眼前に現れた巨軀の侍に、一瞬ぽかんと

したやくざ者達だったが、

「なんや、お侍さんには関わりないことや」

「関わりなくても放っておけんのだ。都の真ん中で娘一人に手荒な真似をされては
な」

征史郎は、娘の手を摑んでいるやくざ者を見下ろした。

「お侍さん、どいてや」

やくざ者は征史郎の言葉になど耳を貸さず娘を連れ歩きだそうとした。

「娘を離すんだ」

征史郎はやくざ者の前に立ちはだかった。

「ええかげんにせいや」

二人のやくざ者が征史郎の左右から殴りかかってきた。征史郎は右から来た男の顎に拳を叩き込み、左の男の鳩尾《みぞおち》に大刀の柄頭《つかがしら》を沈めた。二人は橋の上に転がり、くぐもった声を出した。騒ぎを聞きつけ、野次馬が群れだした。娘の腕を摑んでいたやくざ者は、

「なんや、寄るな」

娘の手を離し大仰に両手を振りながら欄干に後ずさりし、欄干を背にした。征史郎

はおかまいなく近づくと、

「頭を冷やすんだな」

やくざ者の襟を掴みそのまま持ち上げ、欄干越しに鴨川に投げ捨てた。やくざ者は悲鳴と共に川に落ちた。水面に大きな波紋が広がる。野次馬からは歓声が上がった。

「おおきに。ありがとうございます」

娘は丁寧に腰を折ってきた。

「いや、礼には及ばん。悪い奴に絡《から》まれて災難だったな」

征史郎は菅笠を脱いだ。娘はしばらく征史郎を見上げていたが、

「いやあ、やさしい目をしてはるわ」

思わずといった風に言葉を漏らした。

娘は歳の頃、十六、七といったところか。さやかな白い肌、きらきらと輝く瞳、すらりと通った鼻筋、ちょこんとしたおちょぼ口、まるで人形のようだ。征史郎の胸は小さく疼《うず》いた。

「失礼しました。うち、綾乃《あやの》と申します。祇園《ぎおん》町の置屋にいてます」

「ほう、すると、舞妓か」

征史郎はしげしげと眺めた。お使いの途中ということで舞妓の扮装も化粧も施して

いない。萌黄色《もえぎ》の小袖に紅の帯を締め、髪を飾るのは銀の花簪《かんざし》一本だけだ。

「そうどす。機会あったら、遊びに来ておくれやす」

「行くと言ってやりたいが、今さっき京の都に来たばかりでな、右も左も分からん。ああ、そうだ。わたしは花輪征史郎と申す。江戸からやって来た」

「花輪はん……。お江戸から。それは、遠い所から」

「これから知恩院に行こうと思っておる」

「ほんなら、途中までご一緒させていただいてよろしおすか」

「ああ、かまわんとも」

征史郎に拒む理由はない。京に来て早々、舞妓と知り合った幸運を胸に綾乃と並んで鴨川沿いを南北に走る建仁寺通りを四条に向かって歩きだした。右は鴨川のせせらぎが心地よく耳を潤し、左は東山《ひがしやま》の山並みの緑が目に眩しい。道沿いには床店や葦《よし》簾《ず》張りの店が並んでいる。往来の賑やかさは江戸の両国を思わせた。耳に入る京言葉は新鮮で都にやって来たことを実感させる。

「都にはいつまでいてはるのです」

綾乃に微笑みかけられ、

「さあ、いつまでかな」

征史郎は大事な役目を思い出した。

「まあ、いつまでか決めてはらへんのどすか」

「成り行き次第なんだ」

「ほんなら、ゆっくり都見物されはるんどすね。羨ましおすな」

綾乃は無邪気に言った。

「京見物と言ってもなあ、寺や神社ばっかりだろ」

当惑顔の征史郎を見て綾乃はくすりと笑った。

「そうどすな。ほんでも、ありがたいもんどすえ」

「それは、そうだろうが」

「お寺参りに飽きられたら祇園におこしやす」

「祇園というのは、江戸の吉原のような所か」

征史郎の問いかけに綾乃はしばらく考えていたが、

「祇園は花街どす。吉原は遊郭どすやろ」

「そうだな。吉原にも揚屋《あげや》はあるが」

「花輪はん、吉原へはよう行きはるんどすか」

「いや、そんなには」

征史郎は口ごもり菅笠を被った。綾乃は見上げ再び、

「花輪はん、ほんまにおやさしい目をしてはりますね」

「そうか」

征史郎は気恥ずかしくなり横を向いた。綾乃は左手に東山に向かって延びる道を指差し、

「知恩院さんはその道を行かれたらよろしおす。今日はおおきに」

「達者でな」

「必ず来ておくれやす。うち、祇園町の置屋花房《はなぶさ》にいてます」

「分かった」

征史郎は勢いで承知し踵《きびす》を返そうとすると、

「絶対どすえ」

綾乃は右の小指を突き出してきた。指切りということか。征史郎もうつむき加減に右の小指を差し出した。

「指切りげんまん」

綾乃の小指は白魚のようだった。

二

征史郎は急な勾配の石段の下に立つと三門を見上げた。知恩院は、「山門」ではなく、「三門」と称する。華頂山という山号が掲げられた巨大な三門を見上げているうち、征史郎の胸に役目の重大さがずしりとのしかかってきた。

知恩院は浄土宗の宗祖法然《ほうねん》が営んだ草庵をその起源とする浄土宗の総本山である。徳川家康が浄土宗徒であったことから歴代の将軍の手厚い保護を受け、三代将軍家光《いえみつ》の頃には大寺院が完成した。

征史郎の懐中には上野仁大寺の住職法源と大岡忠光の紹介状が入っている。征史郎は昨日大津の宿から日照に使いを立て今日の五つ（午前八時）に訪問する旨、伝えてあった。三門を潜《くぐ》り、さらに石段を登ると境内に至った。さすがは浄土宗総本山だ。広い境内に堂塔が建ち並んでいる。なかでも入母屋本瓦葺きの本堂は、寛永十六年（一六三九年）徳川三代将軍家光によって建立された宗祖法然の像を安置する巨大な建造物だ。

神社仏閣に無関心な征史郎でも知っている左甚五郎《ひだりじんごろう》忘れ傘で知られるひときわ巨

大な本堂にまずは参拝した。ついで、境内を眺め回し、小坊主の一人を掴まえ、

「日照殿にお取次ぎ願いたい」

と、法源と忠光の紹介状を手渡した。小坊主は境内を急ぎ足で奥に走って行った。境内の木々の若葉が濃い緑の香を落としてくる。征史郎は日照を待つ間、綾乃の顔を思い浮かべた。が、

「いかん、御役目に集中だ」

自分を諌《いさ》めると共に江戸の早苗の顔が浮かんだ。

「早苗殿、すみません」

征史郎はつぶやいたが、あくまで自分の片想いである。謝るのはおかしなものだと苦笑を浮かべた。すると、

「花輪殿ですかな」

初老の僧侶がニコニコと笑みを浮かべやって来た。背が低く恰幅のいい身体を地味な墨染めの衣に包んでいる。

「花輪征史郎です」

征史郎は巨軀を折り曲げ丁寧に挨拶をした。

「日照です。さあ、こちらへ」

日照はしっかりとした足取りで境内を横切って行く。征史郎が大股で歩かなければならないほどに歩は速い。二人は境内の隅に巡らしてある生垣の木戸を潜《くぐ》った。木立に囲まれた庭があった。池があり、木々の緑が水面に映り鯉が気持ち良さそうに泳いでいる。庭の一角の山肌が切り開かれ藁葺《わらぶき》屋根の草庵があった。征史郎は草庵に導かれた。裏手に渓流が流れている。草庵は六帖間と八帖間から成っていた。六帖間は茶室になっている。

木々に囲まれた部屋はほの暗く野鳥の囀《さえず》りが聞こえてくる。障子を開け放つと木漏れ日がやさしい光を落としてきた。征史郎の来訪を待っていたと見え、既に茶釜は湯だっていた。

「遠路遥々《はるばる》、ご苦労さんでおます」

日照は征史郎の労をねぎらうように鮮やかな手つきで茶を点てた。征史郎は頭を下げ、前に置かれた天目茶碗を両手で持ち味わうように喫すると、

「結構なお手前でした」

茶の味など分からないのだが、もっともらしい返事を返した。味は分からないながらも、一服の茶によって旅の疲れが癒されたように感じた。日照は笑みを返すと、

「話はご存知のことと存じますが」

風が木々の枝を揺らすのが耳につくほどに声を潜《ひそ》めた。

「はい。大岡出雲守さまから伺っております。先月亡くなられた所司代松平豊後守さまは毒殺されたのだとか」

征史郎も日照に合わせるように声を低める。

「由々《ゆゆ》しきことです」

日照は松平資訓の冥福を祈るように両手を合わせた。

「詳しく、お話しください」

「拙僧は豊後殿とは昵懇にしておりました」

日照はおもむろに語りだした。知恩院は歴代将軍から手厚い保護を受けていることから、京都所司代との親交も深く、日照自身も資訓とは茶会や歌会などを催して親しくしていたという。

「先月の二十四日、拙僧は豊後殿と昼間にこの部屋で茶を喫したのです」

「二十四日と申されると、まさに、豊後さまが亡くなられた日ですね」

「その通りです。昼間は豊後殿はいたって壮健であられたのです。それが、その晩、祇園の茶屋で突然、倒れられ、そのまま息を引き取られたのです」

「ほう、突然」

「そうです。風呂場で」

「医師はなんと」

「医師は心の臓の病だと診立てたとか」

資訓はかねてより心臓に持病があったという。

「では、心の臓の病ではないのですか」

「いや、医者はそう決めつけ、毒の調べなどいたしませんでした。それに、その晩、祇園の茶屋で会っていた相手が気になります」

「相手とは?」

征史郎は目に光を宿らせた。

「豊後殿は先月の二十四日、今夕祇園で公家《くげ》衆と会うとだけ申されて、誰とまでは申されませんでしたが、どうも、竹内式部に連なる公家と思われます」

竹内式部は公家徳大寺《とくだいじ》家に仕える学者で山崎闇斎《やまざきあんさい》の流れをくむ垂加流《すいかりゅう》神道の熱心な研究者である。「天下の大道」を説き、朝廷がより大きな権威と力を持つべきだと主張している。三月、江戸城伝奏屋敷で死んだ錦小路有常も竹内の熱心な学徒だった。

資訓は忠光の依頼で竹内と竹内に学ぶ公家達を探索していたのだ。

探索を通じて知った公家達と接触したのではないかと日照は睨んでいる。

「すると、公家衆は錦小路卿とも繋がりがあるのですね」

「おそらくは……」

日照は静かにうなずいた。

「日照殿は豊後さまが祇園で会っていたという公家衆に殺されたとお考えなのですね」

征史郎の問いかけに日照は言葉を返さなかったが、厳しい目を天目茶碗に落としている様子を見れば、そう信じているのだろう。

「豊後さまが暗殺されたとしますと、その目的は錦小路卿同様、田安さまを将軍に擁立することにあるとお考えなのですね」

「それを確かめねばならないのです。そのため、法源さまにお報せ申し上げました。このままでは、禁裏《きんり》は上さまを支持する勢力と田安卿を支持する勢力の二つに割れます」

「話は分かりました。わたしが来たからには、竹内一派の好き勝手にはさせません」

征史郎は着物の上からでも伝わる分厚い胸板を右の拳で叩いた。

「いや、頼もしいのは容貌だけやおへんな。お言葉もえらい頼もしいことや」

日照は破顔すると物言いも打ち解けたものになった。

「では、早速《さっそく》、探索を」

征史郎は腰を浮かしたが、

「まあ、待ちなはれ」

日照にやんわりとなだめられ、

「はあ、でも、こういうことは急いだ方が」

「江戸のお人はせわしいな。花輪はん。京の町は初めてなんやろ」

「ええ、西も東も分かりません」

「それやのに、どこへ行きなさるのや。まあ、拙僧に任せて、今夕まで、ここで旅の疲れを癒しなはれ」

「はあ、それはありがたいのですが……」

「今夕、拙僧と祇園町へ行ってくれますか。豊後殿が亡くなられた茶屋に」

征史郎はうなずいた。日照は、

「ほな、それまではゆるゆるしなはれ」

軽く頭を下げ草庵を出て行った。征史郎はぽつんと取り残され、ごろんと仰向けになった。低い天井を見上げているうちに、祇園に行くと聞いたためか綾乃の顔が浮かんできた。

「呼んでみようか」

征史郎は袂に収めた小判を取り出した。忠光と法源からもらった百両のうちの九十両と兄嫁の志保《しほ》からもらった二十五両がある。法源は足りなくなったら知恩院で借りられるよう手配すると言ってくれた。そうは言っても、自分の享楽に使うことは憚《はばか》られる。こういう点、征史郎は妙に律儀《りちぎ》だった。

「ええい」

征史郎は邪念を払うように跳ね起きると、大刀を手に庭に出た。鞘から抜き放ち大上段に構える。刃渡り二尺七寸という征史郎にふさわしい長寸の刀だ。征史郎は素振りを始めた。

——びゅん——

空気が切り裂かれる。素振りに神経を集中すると額に汗が滲んできた。木々の枝を揺らす薫風に吹かれ心が落ち着いた。すると、

「あの、これ」

小坊主が数人やって来た。食膳と衣類を持っている。

「ああ、すまんな」

征史郎は素振りの手を休めた。食べ物を見ると腹が減っていることに気づいた。征

史郎は草庵の中に入り食膳の前に座った。精進料理かと覚悟を決めたが、膳には鮎や雉《きじ》もあった。京風の薄味の味付けを危ぶんだが、意外と美味に感じ、特に高野豆腐と湯葉には舌鼓を打った。控えようと思ったが、ついつい食が進み、一升あったお櫃《ひつ》を空《から》にしてしまった。横で給仕をしていた小坊主が目をまん丸にした。

食膳が下げられ、着替えの衣服を検《あらた》めた。真新しい、西陣織の小袖に仙台平の袴、真っ白い足袋が用意されていた。

「七つ半（午後五時）に日照さまがお迎えにまいられます」

小僧は言い置いて出て行った。征史郎はしばらく衣服を眺めていたが、腹が満たされたことで旅の疲れが表れ、睡魔が押し寄せてきた。眠気に身を任せまどろむと心地良さそうな寝息を立て眠りに落ちた。

三

征史郎は日照に伴われ祇園に向かった。

祇園は、上七軒《かみしちけん》、先斗町《ぽんとちょう》、宮川町《みやがわちょう》、島原《しまばら》と共に京都を代表する花街である。寛永年間に八坂神社や東山《ひがしやま》の名勝を巡る人を目当てに水茶屋が建ったのが発祥とされる。

それが、寛文年間に鴨川の四条河原に芝居小屋ができたことがきっかけとなり、多くの茶屋、旅籠が建ち並び、宝暦のこの頃には一大花街を形成していた。

暮れなずむ石畳の小路には涼しい風が通り、舞妓のぽっくりと呼ばれる下駄《げた》の音が心地よく響き渡っている。日照は昼間とは打って変わった絢爛たる錦の袈裟に身を包み、真っ白な足袋に雪駄《せった》を履いてゆっくりと歩いて行く。征史郎は、ぽっくりの足音がするとつい目が行ってしまった。だらりと称される振袖帯に目を止め、綾乃の姿を探してしまう自分を諌める。

小路の両側は落ち着いたたたずまいを見せるすだれ格子の茶屋が連なっていた。

「ここやで」

日照は一軒の茶屋の前で立ち止まった。間口は三間ほどだが奥行きがありそうな京都特有の造りだ。格子戸をからからと開け、日照が身を入れた。征史郎もあとに続く。

「おいでやす」

玄関の式台で女将《おかみ》らしき大年増《おおどしま》の女が挨拶してきた。

「今日は、お武家さんと一緒や」

日照は征史郎を仰ぎ見て言った。

「おいでやす」

女将も頼もしげな眼差しを向けながら征史郎の大刀を預かった。征史郎は茶屋の意外な狭さに戸惑った。これなら、忠光と密会を行っている江戸柳橋の料理屋吉林の方がよほど立派な構えである。しかし、京の茶屋というのは独特な造りになっているかもしれない、と征史郎は初めて踏み入れる祇園の茶屋への期待を胸に抱いた。

女将が先に立ち、日照と征史郎を奥に導いた。玄関ばかりか廊下も狭い。天井も低く、巨漢の征史郎は身体を屈めながら進まねばならなかった。ここで刀を抜くには相当な注意を払わなければならない。もっとも、茶屋で刃傷沙汰《にんじょうざた》などを起こす無粋者などいるはずもないが。

廊下の途中、右手に階段があった。この階段がまた狭い。征史郎は自分の身幅が通るのかと危ぶんだがどうにか昇ることができた。踊り場に至った所で、女将は目の前の襖を開けた。六帖間がある。周囲を襖が囲むだけの床の間も違い棚もない殺風景な部屋だ。部屋の四方に雪洞《ぼんぼり》が置かれ淡い灯りを投げかけている。

こんな、寂しい部屋で飲み食いするのか。

征史郎はもっと華やいだ部屋での宴を想像していただけに内心で失望した。すると、

「ちょっと、待っておくれやす」

女将が笑顔を向けてきたので征史郎は鷹揚にうなずいた。襖越しに男や女の足音と

声が通り過ぎて行く。聞こえなくなったところで、

「お待たせしました」

女将が襖を開けた。

「おお、これは」

征史郎は思わず声を上げた。二十帖の座敷がある。金地に花鳥風月を描いた襖絵、床の間には三幅対の水墨画の掛け軸、畳は青々とし、開け放たれた窓越しに鴨川のゆったりとした流れが悠然と見下ろせた。燭台の蠟燭がふんだんに灯され、襖絵を妖しく揺らめかしている。

「いやあ、素晴らしいお座敷ですな」

征史郎の誉め言葉に女将は微笑みを返した。

「こんな座敷があと五つもある」

日照が言った。間口は狭く造り、中は広々とした座敷、それに他の客と顔を合わせない造りとなっているのだ。なるほど、これが京の都か。征史郎は京都の奥深さを垣間見た思いがした。

「ほんなら、お料理を」

女将が言うと、

「頼んどいた舞妓、来るな」

日照が確認を求めた。女将はうなずいた。やがて、料理の膳が運ばれて来た。茶屋は料理を造ることはない。もっぱら仕出し屋から取り寄せになる。酒は伏見の清酒だ。女将が部屋から出たところで、

「花輪はん、実はな、豊後殿が亡くならはった晩にお座敷に呼ばれていた舞妓を呼んだんや」

日照に言われ征史郎は浮かれた気分が静まった。やがて、

「お邪魔します」

舞妓が入って来た。すると、舞妓の方が、

「いやあ、花輪はん」

征史郎を見るなり明るい声を放った。征史郎の方も、「おお」とうれしそうな声を漏らす。綾乃だった。昼間とは違い、きらびやかな装いだ。花簪、櫛、笄《こうがい》で髪が彩られ、妖艶な化粧、艶やかな振袖で飾り立てていた。

「なんや、花輪はんを知っているのか」

日照がぽかんと口を開けたので、征史郎は今朝の三条大橋での出来事を語った。

「ほう、花輪はんに助けられたのか」

日照に言われ綾乃はにっこり微笑んだ。

「京も江戸もやくざ者というのは始末が悪い」

征史郎は舌打ちした。

「ほんなら、お一つ」

征史郎は綾乃に酌をされた。ひとしきり、酒を酌み交わし料理を口に運んだところで、

「実はな、綾乃、先月の二十四日のことや」

日照はおもむろに松平資訓の宴席に話題を振った。

「はい、お気の毒どした」

綾乃は目を伏せた。

「それでな、嫌なことを思い出させて申し訳ないんやけど、あの席にどないなお人がおったのか教えて欲しいのや」

日照はにこやかに頰を緩めているものの目は笑っていない。綾乃は目に警戒の色を浮かべた。何故、そんなことが問われているのか、それと、征史郎の素性に疑念を抱いたようだ。それを察したのか日照は、

「実はな、くれぐれも内聞に願いたいのやけど、こちらのお武家さんな、お江戸から

御公儀の御内命で松平豊後守殿の死についてお調べならはるために都にお越しになったのや」

征史郎は役目上当然のこととはいえ、都見物にやって来たと偽ったことに後ろめたさを感じ曖昧《あいまい》に口ごもった。綾乃は、

「まあ、そうどしたの」

恐れとも警戒ともつかない顔になった。征史郎は綾乃との距離が遠くなってしまったと寂しい思いに駆られた。

「あの、所司代のお殿さんは殺されはったんですか」

「いや、そうと決まったわけではない。その辺りのことを念のために調べにまいったのだ」

征史郎は綾乃に無用な心配をかけまいと、ことさらなんでもないことのような言い方をした。

「そうどすか。あの晩のお座敷は……」

綾乃は征史郎の屈託のない物言いに気を落ち着けたのか、思い出そうと視線を泳がせた。

「お公家はんと一緒やったんやないか」

日照は綾乃が思い出しやすいように言い添えた。

「そうどす、お公家さんがお三人ともう一人は学者の先生どした」

「なんという公家やったんや」

「さあ、ようわかりまへん。初めてのお座敷どした」

綾乃の表情に嘘はなかった。

「学者とは竹内式部という名やなかったかいな」

日照は畳み込んだ。

「そう言えば、式部先生と呼ばれてました」

綾乃の答えに征史郎と日照は目でうなずき合った。

「何か、変わったことはなかったかいな」

「変わったことと言われましても」

日照の度重なる問いかけに綾乃は小首を傾《かし》げるのみである。

「たとえば、料理はどうやった」

日照は思い出させようと必死である。

「料理……。所司代はんは、お料理には箸をつけはらしまへんでした」

「確かか」

「ええ」

「間違いないんか」

「はい。なんや、お腹の具合がようないと言わはりまして」

「酒は飲んだんやな」

「ええ、そう覚えてます」

綾乃の証言によると酒は一つの蒔絵銚子から注がれ、それは資訓以外の者たちの口にも入ったということだ。すると、酒の中に毒は入っていないことになる。ところが、料理に箸をつけていなかったとなれば料理にも混入はされていなかったと考えねばならない。日照が毒殺を疑うことには無理があるのではないか。征史郎は二人のやり取りを聞きながら思案を続けた。

「それから、しばらくしてうちはお座敷を下がりました」

綾乃が答えられたのはそこまでだった。

「分かった。嫌なこと思い出させて悪かったたな」

日照は言い、征史郎も礼を述べた。綾乃は座敷を下がり、征史郎の胸には後味の悪い澱《おり》のようなものが残った。

日照は女将を呼んだ。

女将がやって来ると、

「松平豊後守さまはここの風呂を使われて亡くなられたのだな」

征史郎が聞いた。

「ええ、そうどす」

女将はお気の毒でしたと目を伏せた。

「いや、なにも、そなたを責めておるのではない」

征史郎に言われ、女将は、「はあ」と小さくうなずき資訓が死亡した時の様子を語り始めた。それによると、資訓は公家たちと飲食後、酔い覚ましに少し休みたいと言ってきたという。女将は風呂を用意した。

「風呂に入っていたのはどれくらいの間だ」

「一時《いっとき》（二時間）あまりでしょうか」

「一時とは、ばかに長いな」

征史郎はいぶかしんだ。

「ですが、てっきりのんびりなさっていられると思いました」

女将は、さすがに風呂から出て来ないのはおかしいと思い様子を見に行ったのだと

いう。すると、

「初めのうちは湯船の中で寝ておられるのやないかと思うたのです」

女将は視線を泳がせた。

「だが、その時既に亡くなっていたということか」

「はい、すぐにお医者を呼んだんどすが」

資訓は心の臓の病を得て死んだと結論づけられた。

「取り立てて、不審な点はないようですな」

征史郎は日照を見た。日照は納得がいかないとみえ、口を真一文字に結び返事を返さなかった。それから、征史郎と日照は無言で酒を酌み交わした。

四

征史郎と日照は知恩院へと帰った。

女将が駕籠を呼ぼうとしたが日照は酔い覚ましに歩いて帰ると断った。征史郎も反対する理由はなく、京の夜をそぞろ歩きした。夜風が心地良い緑の香りを運んでくれる。月は出ていないが満天の星空である。

日照は昼間同様、歳を感じさせないかくしゃくたる足取りである。征史郎はこれも修行の成果かと妙な感心をした。八坂神社を右手に通り過ぎ、やがて知恩院の三門が巨大な影となって見えてきた。

「日照殿、大丈夫ですか」

急峻な石段を見上げ征史郎は気づかった。

「なんの、これしき」

日照は、身軽な動作で石段を一段飛ばしに駆け上って行く。征史郎も大股に跡を追った。境内に至り、

「ほんなら、ここで」

日照は振り返ったが、

「いえ、ご寝所までお送りします」

征史郎は日照について寝所がある勢至堂の奥まで足を伸ばすことにした。日照は口の中で経を唱えながら境内を通り抜けた。勢至堂につながる法然上人御廟参道と称される石段に出た。両側を白壁が連なっている。星明かりを受けた石段はほの白く幻想的な様相を醸《かも》し出していた。

日照は法然上人に敬意を払ってか背筋をぴんと伸ばし口を閉ざした。征史郎もおご

そかな気分に浸り一段一段を踏みしめるように登って行く。

と、その荘厳な雰囲気に水を注すように白壁の上で蠢《うごめ》くものがあった。征史郎は一瞬、物《もの》の怪《け》でも出たのかと驚いたがすぐに人の形となった。黒覆面に黒の着物という怪しげな男達だ。右側と左側から三人ずつ六人あまりである。

六人はあっという間に征史郎と日照の前に立ちふさがった。

「なんや、おまえら」

日照は声を震わせた。征史郎は冷静に相手の動きを見定める。一人が前に進み出た。

「この方を日照殿と知っての狼藉《ろうぜき》か」

征史郎は日照を背中にかばう。日照は征史郎の大きな身体に隠れ、男達の視界から閉ざされた。前に出た男は征史郎がいることが予想外だったらしく、しばらく無言でいたが、やがて意を決したように抜刀した。征史郎の大刀と同じくらいの刃渡りの長寸の刀である。

それが合図となったように残る五人も抜刀した。五人が持っているのは刀ではなく長脇差だった。それを逆手《さかて》で持っている。忍びということか。

「わたしから離れないでください」

征史郎は背中越しに囁くと日照は無言だったが、身体の震えが征史郎の背中に伝わってきた。

「神聖なる寺域で刃物を振りかざすとは不届きな奴らだ」

征史郎は言いながらも抜刀した。忍びが二人、猿のように俊敏な動作で飛びかかってきた。征史郎は峰を返し、払うように大刀を左右に動かした。峰打ちの鈍い音がし、二人は石段に転がった。

それから、間髪を入れず三人が襲いかかってくる。征史郎は一歩も動かず、大刀だけを動かし三人の攻撃を凌いだ。次々と繰り出される刃をいとも簡単に跳ね返し、三人の籠手《こて》を打った。長脇差が石段を転げる。そこで初めて征史郎は足を踏み出した。首筋に峰打ちを食らわせ石段に昏倒させる。

最後に侍らしき男が征史郎の前に立った。

この男はできる。

征史郎は直感した。発する気が違うのだ。全身から燃え立つような殺気を放っている。一瞬、峰を返さないで立ち合うべきかと征史郎は迷った。だが、神聖なる境内を血で穢《けが》すことの愚を思い峰は返したまま八双に構えた。

男は右足を前に大きく出し、腰を落とした。夜空を貫くように肘を曲げないで右肩前方に大刀を垂直に立てる。征史郎が見たこともない構えだ。全身から異様な殺気が放たれている。少しの隙もないその姿は戦国武者を思わせるような戦闘力に満ち溢れていた。背丈は征史郎ほどもあろうか。だが、黒装束に隠された身体は細っそりとしていた。まるで杉の木のようだ。

男は深く息を吸い込むと、

「ちぇすと！」

辺りを震わすほどの声を張り上げた。同時に刃が振り下ろされた。

この時、征史郎は背後に注意を向ける余裕はなかった。忍びの一人が蘇生し、刃を向けてきたのだ。いや、よしんば、分かったとしても征史郎に対処する余裕はなかったに違いない。

それほどまでに、男の気合いと刃は鋭く、俊敏なものだった。

征史郎は独特の構えから振り下ろされる刃を見て峰を返していたことを後悔した。が、もう遅い。男の刃を受け止めることが精一杯だった。

——きーん——

征史郎と男の刃が交錯した。火花が散ったと思ったら征史郎の刀身の上半分が折れた。そして、次の瞬間、

「うぎゃあ！」

怪鳥のような声がこだました。背後から攻撃を仕掛けてきた忍びの目に征史郎の折れた刀が突き刺さったのだ。忍びはうめきながら石段を転がった。征史郎は大刀を捨て脇差を抜いた。

男は再び刀を右肩前方に立てた。すると、

「日照さま」

石段の上から小坊主達がやって来た。

「撤収じゃ」

男は大刀を鞘に納め忍びの者に撤収を命じた。忍びは石段に転がる仲間を急いで蘇生させ、あわただしくその場から去って行った。

「いやあ、肝《きも》を潰したわ」

日照は石段にへたり込んだ。

「あ〜あ、とうとう折れたか」

征史郎は石段に転がる折れた刀を拾い上げた。

「あ奴らは一体何者でござりましょう」

征史郎の問いかけに、

「薩摩者やったな」

日照は一味の首領格の男の放った、「ちぇすと」という言葉を引き合いに出した。

「そうか、あれが噂に聞く、薩摩示現流《じげんりゅう》か」

征史郎は手に残る痺《しび》れをさすった。それほどに、強力な一撃だった。薩摩示現流とは東郷重位《とうごうしげかた》によって創始された薩摩藩門外不出の剣法である。初太刀に全力を込める一撃必殺の恐るべき剣だった。

現に、征史郎の剣は峰で受けたがために折られてしまった。

「薩摩示現流、恐るべし」

征史郎は男達が去って静けさが戻った石段を見やった。

第二章　伝説の太刀

一

翌朝、征史郎は草庵で目覚めた。障子を開け放つと朝日が差し込んできた。木々の濃い緑が風に揺れている。昨晩の剣戟が嘘のような平穏さだ。だが、確かに昨晩に激しい剣戟があったことを両手にずしりと残る薩摩示現流の初太刀の感触が如実に物語っていた。

征史郎はしばらく、両手を眺め下ろした。すると、

「失礼します」

中年の男が庭先で片膝をついた。髷《まげ》を総髪に結い、絣《かすり》の着物に黒の角帯を締めている。痩せた中肉中背の身体で顔はのっぺりとして表情がない。

征史郎が怪訝な眼差しを向けると、

「日照さまに申しつかってまいりました」

男は静かに返してきた。

征史郎は、「上がれ」と男を手招きした。男は素早い動作で縁側に上がった。陽だまりの中で正座する姿は猿のようだ。

「わて、弥助《やすけ》、言います」

弥助は上方訛《かみがたなま》りでぴょこんと頭を下げた。

「おれは、花輪征史郎だ。江戸じゃあ、こって牛なんて言われているよ」

征史郎は気さくに言葉をかけた。弥助は小首を傾げ征史郎を眺めていたが、

「ほんまや、牛みたいに逞しいお侍さんやわ」

のっぺりした顔を崩した。

「で、日照殿は」

「それが、お身体の具合がよろしゅうないようで」

「それはいかんな」

いくら気丈な日照とは言え、昨晩の出来事が少なからぬ衝撃を与えたに違いない。

「ほんで、わてに花輪はんのお手助けをせい、と言わはって」

弥助はどうやら征史郎の手足となるつもりのようだ。

「それは助かるな。実際、京は西も東も分からん」

「京の町は分かりやすうおます」

弥助は庭に降り立ち、小枝を拾ってうずくまった。征史郎は好奇心が起こり縁側に出た。弥助は地べたに小枝ですらすらと絵を描き始めた。

「ええですか、京の町は碁盤の目になってます」

弥助は縦と横に線を引いた。

「ここが、御所《ごしょ》、ここが二条城、ここが知恩院です」

「ほう、なるほどな」

征史郎は弥助の横に降り立った。

「ほんで、東、西、北、南。西と東を貫くのは通りで一条、二条……。ほんで、南北が筋と言います」

弥助は線を小枝で指し示した。

征史郎は大きくうなずく。

「道に迷いはったら、一条とか二条とかの通りを確かめはったらよろしいのですわ。大体、今何処にいてるか見当がつきますよってに」

「ふ～ん、なるほどな」

「ね、分かりやすおますでしょ」

弥助は笑みを浮かべた。のっぺりとした顔に細かい皺が刻まれた。

「うむ、これで、大分と歩きやすくなった。よし、ならば、早速に探索に向かうか、と言いたいんだが、困ったことになあ」

征史郎は大刀を持ち出して抜き放った。折れた刀が朝日を受け無惨な姿を晒《さら》した。

「お腰の物が大変なことになりましたな」

弥助はしげしげと眺めた。

「腕の良い刀鍛冶《かじ》を知らんか」

征史郎は名残《なごり》惜しそうに大刀を鞘に納めた。弥助はしばらく考えていたが、

「それやったら、松雄静麻呂《まつおしずまろ》師匠を訪ねてみはったら」

「松雄静麻呂、そんなに腕のいい刀鍛冶なのか」

「ええ、そら、もう京一です」

「京一ということは天下一と言ってもいいかもしれんな。そんなに高名な男か」

征史郎は期待に胸を膨らませた。

「ええ、古くは鬼一法眼《きいちほうげん》の太刀をこしらえたという伝説の家系ですな」

弥助は大それたことをさらりと言ってのけた。

「ほう、鬼一法眼な」

聞き捨てにはできない。

鬼一法眼とは関東七流と共に日本における剣術発祥とされる京八流の開祖として有名な伝説の剣豪である。文武両道に優れた陰陽師《おんみようじ》で自ら編み出した剣術を鞍馬の僧八人に伝授した。これが京八流である。源義経も修行を積んだことで知られる。

その鬼一法眼の太刀を造ったとなれば、いやが上にも期待が高まる。いや、高まるどころではない。

身が引き締まる思いだ。

「その御仁は、どこにおられるのだ」

「鞍馬《くらま》でおます」

「鞍馬って言うと、源義経が修行を積んだ所だな」

征史郎は興奮で声を上ずらせた。

「そうでおます。鬼一法眼から剣術を教わった所ですわ」

「なるほど、それで鞍馬か」

征史郎は納得したように深くうなずいた。

「ほんなら、花輪はんは鞍馬へおいでください。わてが探索の方をやりますよってに」

弥助はけろりとしたものだ。

「そんなこと言って、おまえ、行く当てがあるのか」

「ええ、昨日の晩日照さまを襲ったんは、薩摩者ですやろ」

「おそらくな」

「でしたら、見当がつきますわ」

「薩摩藩邸か」

征史郎は、のっぺりした顔の奥に正体不明の怪しい匂いを嗅ぎ取った。

「薩摩藩邸やおまへんやろな。いくら、薩摩はんが大胆やいうても徳川はんが手厚う保護してはる知恩院の僧侶を襲うなんてことした男を匿《かくま》うことなんてできるはずおまへんわ」

「それもそうだな」

征史郎は腕組みをした。

「きっと、近衛《このえ》はんのお屋敷におられるでしょう」

「近衛はん……。五摂家筆頭の近衛家か」

「ええ、近衛はんと薩摩はんは親しい間柄ですよってに、藩士を近衛邸の公家侍に出仕させてはるんです。もちろん、食い扶持は薩摩はんが面倒をみてはります」

「近衛家は田安卿とも親しい。田安卿の御正室は近衛家の姫だからな」

「そうですな」

「その田安卿は、今、お忍びで上洛されておられるはず」

「はい、存じております」

「ひょっとして、近衛邸に逗留なさっておられるのか」

「おそらくは、ま、その辺のところも探ってまいります」

弥助は口元に笑みを浮かべた。

「おれも、一緒に行きたいんだがな」

征史郎は唇を噛み、折れた大刀に視線を落とした。

「いや、それは、なさらない方がよろしいわ」

「薩摩者に顔を見られたからか」

「それもそうですし、大きなお侍さんが京の町中をうろうろしはったら、目立ってしょうがおまへんやろ」

弥助は言いにくいことをずばずばと言ってのける。

「なら、鞍馬の山奥に行ってくるよ」

征史郎はおかしそうに笑った。

「ほんなら、早速」

弥助は軽やかな足取りで去って行った。その背中を見送りながら、

(ただの寺男じゃないな)

弥助という男の素性に興味が湧いた。すると、入れ替わるように日照がやって来た。

「おや、日照殿、お身体大丈夫なので」

「まあ、ちょっとだけ寝坊をすればもう大丈夫や」

日照は顔に艶が戻っていた。

「弥助に聞いたのですが」

征史郎は鞍馬の刀鍛冶松雄静麻呂を訪ねることを語った。

「松雄に任せれば間違いない」

「ところで、弥助という男ですが、一体何者ですか、ただの寺男には見えませんが」

征史郎の問いかけに、日照は思わせぶりな笑みを浮かべ、

「五年ほど前に、行き倒れておったのを拾った。素性は知らん」

征史郎は日照の言葉の裏に、弥助のただならぬ過去を想像した。

二

征史郎は松雄静麻呂の鍛冶場を訪ねるべく鴨川の上流に向かい、下賀茂神社が見えると高野川に道を採った。それから、さらに川沿いの道を歩き、岩倉村を経て鞍馬街道に出た。山あいの道を急ぎ、昼過ぎに鞍馬村にたどりつくことができた。

松雄の窯場を村人らしき百姓に聞くと、さすがは伝説の刀鍛冶だ。すぐに教えてくれた。窯場は鞍馬寺からほど近い、百姓家と見間違うほどの藁葺屋根の一軒家だった。

征史郎は、

「御免」

生垣越しに声を放った。鍛冶場で声がし、すぐに若い男が出て来た。

「すまん、刀をこしらえて欲しいと思ってな」

突然現れた大男に若い男は目を白黒させながら、

「はあ、少々、お待ちください」

鍛冶場に引っ込んだ。征史郎は辺りを見回した。のどかな田園風景が広がっている。田圃の緑に紋白蝶が舞い、青空にはひばりの鳴き声が吸い込まれていた。抜けるような青空の下、比叡の山並みが緩やかに連なっている。

「どうぞ、お入りください」

征史郎は男に導かれ鍛冶場に足を踏み入れた。中には刀鍛冶と思われる初老の男がいた。窯の前にどっかと座り征史郎を見上げてくる。

「松雄殿ですかな」

征史郎が聞くと、

「さようで」

松雄は幾十もの皺が刻まれた顔で表情を変えず返事をしてきた。

「貴殿のことはさる寺院にて耳にした。大変に高名な刀鍛冶であるそうな。それで、ほかでもない。拙者の刀を造作してもらいたいと思いやって来たのだ」

征史郎は松雄の前に屈んだ。

「それは、わざわざ、お越しくださり、恐縮でおますが、今は、刀は打っておりまへん」

松雄に素っ気なく返され、

「そうなのか」

征史郎はつい声が小さくなった。

「近頃は刀はさっぱり注文がございませんで。で、もっぱらこういったものを」

松雄は土間に転がる、鎌や鍬《くわ》といった農具や包丁を指差した。

「それは困ったな」

征史郎は大刀を鞘ごと抜いた。松雄の目に好奇の色が浮かんだ。

「鈴吉《すずきち》、茶を淹《い》れなさい」

松雄に言われ若い男が母屋へ向かった。

「よろしかったら、拝見させていただけますか」

「ああ、かまわんぞ」

征史郎は鞘ごと渡した。松雄は両手で受け取り、丁寧な所作で大刀を抜いた。

「このざまだ。それで、困り果てた」

折れた刀を恥ずかしそうに征史郎は見やった。

「なるほど」

松雄は柄《つか》を持ち、折れた刀身に目を凝らした。しばらく見とれるように眺め続けた。

「なかなかの業物《わざもの》でおますな。政常《まさつね》ですか」

「そうだ。相模守政常の作と聞いている」

「お侍さんは江戸からおいでにならはったのですか」

「ああ、京見物でな」

「この刀ですと刃渡り二尺八寸ほどもありますかな」

「いや、そんなには、二尺七寸だ」

「そうでおますか」

松雄はしばらく征史郎を見ていた。鈴吉が茶を運んで来た。

「お侍さん、ちょっと立ってみてください」

松雄の真剣な眼差しに征史郎は応じた。

「ううん、やっぱ、もっと、長い刀の方が」

松雄はつぶやいた。

「そうかな」

「ええ、あなたさまにはもっと長い刀がふさわしいですよ」

「では、それを参考に京の町の刀屋を探そうか。しかし、そんな長寸の刀があるかどうか」

征史郎は残念そうに言うと鈴吉が淹《い》れた茶を受け取った。だが、諦めきれず、

「松雄殿、刀をこしらえてはくれんか」

「はあ、ですが、あなたさまにふさわしい刀をわたしごときが打てますやら」

「天下一の刀鍛冶ではないか」

「それは、わたしのご先祖さんの話ですわ、今は、このありさまです」

松雄は自嘲気味な笑いを浮かべた。

「どうあってもだめか……」

征史郎は寂しそうな笑いを浮かべた。すると、

「こんにちは」

聞き覚えのある娘の声がした。聞き間違えるはずはない。

「綾乃」

征史郎は振り返った。

「いやあ、花輪はん、なんでここに？」

綾乃は輝くような笑顔を送ってきた。化粧を落とし、着物も地味な萌黄色の小袖である。

「なんだ、お文《ふみ》ちゃんはこのお侍さんを知っているのか」

文というのが綾乃の本名のようだ。

「お文、よく来たな」

鈴吉も綾乃を知っているようだ。

「お文ちゃんは鈴吉の妹です」

可憐な舞妓と刀鍛冶が結びつかないでいたのだが、これで合点がいった。

「今日は、おっかさんの病気見舞いに里に戻って来ました」

化粧気がなく地味な小袖を着ているがその容色は翳《かげ》りを見せるどころか、舞妓の華やいだ色香とは違うみずみずしい乙女の魅力を醸し出している。

「思ったより元気で、わざわざ見舞いに来ることなんかなかったやろ」

鈴吉は妹の務めを気遣っているようだ。

「ええ、ほんでも、顔を見られただけでも良かったわ」

綾乃の顔には母親を思う慈《いつく》しみの情が湧いていた。征史郎は自分がここにやって来たのは大刀を松雄に造ってもらうためだと説明した。だが、叶わぬらしいと寂しそうに言い添える。

「まあ、お刀が」

綾乃は征史郎の刀が折れたことのわけを心配したのか顔に影が差した。きっと、松平資訓の死と結びつけたに違いない。

「まあ、しょうがない。それに、京におる間、刀を抜くことなどないであろう。京の刀屋で気に入ったものが見つからなければ江戸に戻ってから造作を頼むまで」

征史郎は安心させようと明るい言い方をした。が、心の内ではこれからが敵との本格的な対決が待っていることに思いを馳せる。

「ほんなら、うちは、これで」

綾乃は頭を下げた。

「おれも、帰るとするか」

征史郎は大刀を腰に差し立ち上がった。

「すみません、お役に立てまへんで」

松雄が申し訳なさそうに頭を下げると鈴吉も丁寧に腰を折った。

「では」

征史郎が踵《きびす》を返した時、

「そうや、せっかく、ここまでおいでになったのや。鞍馬寺でも参詣されたらいかがですか」

鈴吉が言った。すると、

「鞍馬寺ですか。義経ですな」

征史郎の脳裏に義経の活躍が浮かんだ。

「そうどすな。ほんなら、ご一緒に、行きまひょか」

綾乃も笑顔で応じた。

「いや、それは」

征史郎は綾乃と二人で寺を参詣することの照れと、片思いでありながら早苗に対する申し訳なさが胸をつき、口ごもってしまった。

「ええやないですか。京は不案内でしょ」

鈴吉は勧める。

「そうどす。行きまひょ」

綾乃も屈託のない笑顔を送ってくる。

まだ、征史郎が躊躇《ためら》っていると、

「うちと一緒は嫌どすか」

綾乃はすねたように身をよじらせた。

「そんなことはない。行こう」

征史郎にこれ以上抗《あらが》う力は残されていなかった。

征史郎と綾乃は鈴吉に見送られ窯場を出た。昼の日差しが眩しく降り注ぐ中、二人は軽やかな足取りで鞍馬寺を目指した。田圃の畦《あぜ》道を大柄な侍と小柄な娘が歩く姿はどこか滑稽であり、のどかなものでもあった。二人の周りを雀がちろちろと飛んで行った。

三

征史郎と綾乃は鞍馬寺の山門を潜《くぐ》った。門の両側を仁王像が守る仁王門となっている。ここから、本殿までは山道を四半時（約三十分）ほどかけて登らなければならない。だが、それも綾乃と一緒であれば楽しいものだ。

山道は綿々と連なる杉の木立が陽光を遮り、濃い緑の香りが降り注いでくる。緑の中に続く山道を登りながら征史郎は折れた刀のことに思いを巡らせた。さて、どうすればいいものか。折れたままにはしておけない。京の町で刀屋から適当なものを選び、江戸に戻ってからしっかりとした拵《こしら》えをするか。

そんなことを考えながら、山道を歩いて行くと、

「すんまへん、もっとゆっくり歩いておくれやす」

綾乃が背後から懇願してきた。我に返り、

「ああ、すまん、ちょっと、考えごとをしていたものでな」

「分かった、江戸に残してきたええ人のことを考えてはったんでしょ」

綾乃は心持ちすねたような声を返した。

「なにを、そのような」

征史郎は思わず頬を赤らめた。

「やっぱりそうやわ」

「ち、違う」

「いいえ、花輪はんはほんま正直なお人やわ」

綾乃は軽やかに笑った。二人は並んでしばらく歩くと、

「ここにお参りしまひょか」

綾乃が小さな祠《ほこら》に目をやった。ひなびた御堂ながら神秘的な雰囲気を漂わせている。

金縛りのように立ちすくむ征史郎に向かって、

「この御堂は鬼一法眼を祭ってあるんどす」

征史郎は霊気の正体に納得し、

「では、是非とも参拝せずばなるまい」

吸い寄せられるように御堂に向かった。綾乃も無言で従う。二人は冷んやりとした空気を浴びながら御堂の前に立った。剣聖の前に立ち、神妙に両手を合わせる。

「花輪はんに素晴らしい刀が授かりますように」

征史郎は笑みがこぼれた。御堂に頭を下げると、

「さて、本堂にまいろうか」

二人は本殿に急いだ。


参拝をすませ、山道をゆっくりと下りる途次、

「もう一つ、おつきあいくださいまへんか」

綾乃が言った。

征史郎は気軽に応じる。

「神社か寺か」

「いいえ、違います」

綾乃は何故か思わせぶりな笑みを浮かべた。

「すると、名所、旧跡の類か。さしずめ義経所縁《ゆかり》の地だな」

征史郎は俄然好奇心が湧いた。綾乃はそれには答えず山間の道を行く。いや、道というよりは鬱蒼とした杉の木立の間に足を踏み入れたと言った方がふさわしいか。征史郎は綾乃の前に立ち、枝を払い、胸まで伸びた雑草をかき分けて進んだ。そうやってどれほど歩いただろうか。

鳥の鳴き声と杉の濃い緑の香り、木漏れ日が降り注ぐ深い山の中に至った。綾乃はひときわ大きな杉の木の前に立ち止まった。仰ぎ見ても頂が分からないような天をも貫く巨木である。

「花輪はん、ここどす」

綾乃は巨木の根元に立った。頭の辺りの幹に太刀が突き刺さっている。柄は赤黒く変色し、刀身の半分ほどが幹に埋まっていた。刃渡りは三尺は優にあるようだ。刃が下に向けられ、幹から覗いている刀身は錆《さ》びてはおらず鈍い光を発していた。

「この太刀か。この太刀が見せたかったのか」

「はい、大変に由緒ある太刀やそうどす」

綾乃は太刀を見上げた。

「そうであろうな。この拵え、見事なものだ」

征史郎は杉の大木に突き刺さった太刀の剛剣ぶりと刺した者の武者ぶりに感嘆のため息を漏らした。

「これは、松雄師匠のご先祖さまがこしらえたもんやそうどす。源《みなもとのらいこう》頼光はんが大江山の酒呑童子《しゅてんどうじ》を退治しはったのはご存知でしょ」

「ああ、坂田金時《さかたのきんとき》なんかを従えて大江山に乗り込んだんだよな」

「そうどす。ほんで、鬼は退治されたんどすけど、残党の鬼がまだおって、鞍馬に住んだらしいのどす。鬼達は頼光はんが生きておられた間はおとなしくしてたらしいんどすけど、亡くならはってから悪さを始めたんどす。それを、義経はんが退治しはった。その時に、お使いにならはったのがこの太刀やそうどす」

「ふ〜ん、鬼退治の太刀か」

征史郎は柄に手を伸ばした。冷たい感触と言いようのない霊気が伝わってくる。古《いにしえ》の英雄の息遣いを感じるようだ。太刀は幹に深々と埋没しぴくりとも動かない。

「で、なんで、この杉を刺したままになっているんだ」

「義経はんが鬼退治の際に、鬼の首領を太刀でこの杉に刺し貫いたんやそうどす。ほんで、鬼は滅び、この世から消え去ったんどすが太刀はこのまま残ったそうどす。ほんで、義経はんが亡くならはって、頼朝はんがこの太刀を手に入れようとなさったらしいのどすけど、抜くことができるお侍はいてなかったそうどす。それからも、いろんな武者方が太刀を引き抜こうと挑まれたそうどすけど、みんなうまくいかんかったそうどす。なんでも、真の勇者にしか抜くことができないそうどすよ」

綾乃は悪戯《いたずら》っぽく微笑んだ。まるで、征史郎に抜いてみろと言っているようだ。

「そんなに由緒ある太刀なのか。であれば、おれなんぞは畏《おそ》れ多くて近づけんな」

征史郎はいなすように太刀から離れた。綾乃は残念そうに眉間を寄せたが、黙って征史郎に従った。すると、草を踏む足音がする。しかも複数だ。猟師だろうか。

「なんや、お公家さんやわ」

綾乃が言うように、草色の狩衣《かりぎぬ》、烏帽子《えぼし》に身を包んだ公家と思われる男が目に映った。そして、彼らを守るように侍風の男が数人、さらには、その中に昨晩の示現流の男がいるではないか。征史郎は彩乃の手を引き杉の木立の間に身を隠し、一行が通り過ぎるのを見送った。

一行は征史郎や綾乃が身近に潜んでいるなどとは露ほども疑わないで、目の前を通り過ぎると、さらに奥へと進んで行く。一行が通り過ぎるのを目で追いながら、

「この先には、何があるんだ」

征史郎は綾乃の耳元で囁いた。

「毛念寺《もうねんじ》というお寺さんがおます」

綾乃は何故か怯えの表情を浮かべた。

「どうしたんだ。何かあるのか、その寺に」

「調伏《ちょうぶく》を行う寺なのです」

「調伏……?」

いぶかしむ征史郎に、

「人を呪い殺すんどす。そのためのご祈禱を行うのどす。古《いにしえ》の平将門《たいらのまさかど》や北条義時《ほうじようよしとき》といった朝廷に弓を引いた謀反人が調伏されたと聞いてます」

綾乃は怯えながらもしっかりとした口調で答えた。

「なるほど、それにしても、鬼退治の太刀といい調伏といい、この地はなんとも不気味だな」

征史郎は森の中に物の怪でも宿っているのではないかと思い背筋がぞっとなった。が、怖じ気づいている場合ではない。公家と薩摩者。何かありそうだ。ぷんぷんと陰謀の匂いがする。

「ちょっと、行ってみるか」

征史郎はわざと気軽な口調で言った。

「ええっ、怖いわ」

綾乃はいやいやをするように身をよじった。綾乃には気の毒とは思ったが、

「ならば、ここで、待っていてくれ」

後を追うことにした。

「いや、こんな所に置いていくなんてひどい。うちも連れて行っておくれやす」

綾乃に言われ、結局二人は、極力足音を忍ばせながら公家達を追った。五町ばかり、奥へ進んだところで古びた寺が見えた。夏を感じさせない冷たい空気が漂っている。崩れそうな山門に薄汚れた白壁が連なっていた。壁は所々、穴が開き、門を潜らなくても勝手気侭に境内に入ることができそうだ。

「古い寺だな。いかにも、人を呪いそうだ」

征史郎はのんびりとした口調で山門の下に立った。

「そんな、怖いこと、言わんといておくれやす」

綾乃は両耳を塞いだ。そのかわいげな所作は征史郎を魅了した。が、今は綾乃に惑っている場合ではない。征史郎はそっと山門を潜った。境内は森閑として、人の気配どころか、野鳥の鳴き声すら聞こえなかった。古びた本堂は屋根瓦が剝げ苔《こけ》がむしていた。白壁には蔦《つた》が絡まり、無人寺と言われても疑う者はいないだろう。

だが、山門のすぐ右手に屋根瓦が剝がれた庫裏《くり》があった。庫裏があるということは、やはり、無人寺などではなくこの寺を守る僧侶が暮らしているということか。

征史郎は綾乃を伴い、境内の隅にある井戸の脇に屈んだ。境内といっても鬱蒼とした草に覆われている野原のようだ。草は露に濡れ、空気の冷たさと相まって居心地悪いことこの上ない。

本堂を窺うと、観音扉が開き、先ほど見かけた公家がいた。侍の姿は見えない。

「あの公家達、誰かを調伏する気だろうか」

「さあ、知りまへん」

「そらそうだろうな。あの公家のことは知っているか」

征史郎に聞かれ、それまでうつむいていた綾乃はまじまじと公家の姿に目をやった。

「ああ、あのお公家さんたち」

綾乃は目を丸めた。

「知っているのか」

「所司代さんと一緒の席におられたお公家さんどす」

綾乃はしっかりとした口調で答えた。

三

「そうか、これは、是非とも魂胆《こんたん》を探らんとな」
征史郎はひとりごちた。すると、公家達があわただしく動き始めた。腐れ果ててい
る濡れ縁に出て来た。山門にあわただしい足音がする。薩摩者の姿もあった。侍の数

が増え、十人以上もいようか。

公家達は急いだ所作で階《きざはし》を降りた。みしみしと音がする。

「いやあ、ようこそ」

公家の一人が声を放った。侍に囲まれながら、高貴な身分を思わせる絹の着物、袴に身を包んだ男がいる。頭巾を被っていたが、その目、端正な顔立ちは見間違えるはずはない。

「田安卿」

征史郎は田安宗武の流麗な姿を目に焼きつけた。宗武は堂々と胸を張り、公家達に出迎えられながら本堂の階に足をかけた。

「お気をつけくだされ」

公家達は異常な気遣いで宗武を導く。宗武が濡れ縁に上がったところで、ひなびた寺には不似合いな錦の袈裟をまとった老僧が現れた。盲目なのか小坊主に手を引かれている。

「住職の義長《ぎちょう》はんどす」

公家の一人が宗武に紹介した。宗武は義長を見据え、

「徳川宗武である」

朗々とした声を放った。義長は宗武の声のする方に頭を下げた。

「では、中へ」

公家に言われ宗武はおもむろに本堂の中に入った。

「花輪はん、あのお武家さまをご存知なんですか」

綾乃に聞かれ、答えていいものか迷ったが、ここまで綾乃を引きずり込んでしまった以上、話さないのは酷《こく》だと思い、

「田安宰相宗武さまだ」

と、囁いた。綾乃は一瞬、ぽかんと口を開けたのち、

「公方《くぼう》さんの弟さんどすか」

「そうだ」

征史郎は短く答えるに留めた。

「どうして、公方さんの弟さんがこの寺にいてはるのやろ。まさか、誰かを調伏しはるんやろか」

綾乃は着物の襟を寄せた。

「分からん。でも、なんの目的もなくてわざわざこんな山深き所まで足を運ぶことはないだろう」

征史郎は本堂を見やった。宗武は本堂に祀られた不動明王像の前に座した。その横に義長が座し、袈裟から数珠を取り出し経文を唱え始めた。

宗武も公家達もそれぞれに数珠を手に経文を唱える。経文はごく普通の般若心経のようだ。侍達は濡れ縁に立った。

「これから、どうしはるんどす」

綾乃は焦《じ》れたような声を出した。藪蚊に首筋を刺され、耐えられないような痒《かゆ》みに襲われる。

「すまんな、抜け出す機会を窺《うかが》う。辛抱してくれ」

征史郎は侍達の視線を気にする素振りを示した。綾乃はこくりとうなずいた。それから四半時ほどが過ぎ、経文がやんだ。征史郎はほっと胸を撫で下ろした。すると、

「ほんなら、まいりまひょか」

義長の声が聞こえた。宗武は無言でうなずき返した。それを潮に公家達も腰を上げた。

「やっと、すみましたね」

綾乃は微笑みを漏らした。

「よし、帰るか」

征史郎も腰を浮かした。宗武達は本堂の階を降り、境内の奥に向かった。

「おまえ達は待っておれ」

宗武に言われ、薩摩者をはじめとする警護の侍達は山門脇にある庫裏に入った。征史郎は山門を出ようとしたが、宗武の動きが気になる。調伏の二文字が脳裏を過《よ》ぎった。

「松雄殿の窯場で待っていてくれ」

その有無を言わさぬ態度に綾乃はこくりとうなずくと山門を出た。それを見届け、征史郎は宗武達を追った。宗武達は境内の裏手に行く。石段の坂道が続き、その頂に竹垣に囲まれた祠があった。宗武達はその祠へと入って行った。

征史郎は急ぎ足で石段を登った。木漏れ日が差す中、匂うような杉の木立が石段の両側に連なり、遠くで渓流のせせらぎがした。征史郎は竹垣に立つと周囲を見回した。祠の周りは境内とは違い、雑草がきれいに刈り取られ、土がむき出しになっている。塵一つ落ちていない清らかな空間だ。

祠の右手に樫《かし》の木が一本あった。祠は観音扉が閉じられ、おごそかなたたずまいを示している。征史郎は祠からの視線が外に届いていないことを確認し、樫の木に向かった。

樫の木はとてつもない霊気を発していた。幹に近づいて行くだけで背筋にぬめりとした冷たさを感じる。全身に鳥肌が立った。幹に奇妙な物体がぶら下がっている。いや、ぶら下がっているのではない。刺し込まれていたのだ。刺し込まれていたのは藁《わら》人形だ。藁人形が太い針で刺し込まれていたのだ。

「まさか、呪いの人形か」

征史郎は藁人形を見上げた。

——松平豊後守資訓——

と、記した紙が貼りつけてある。

征史郎は身震いした。すると、観音扉越しに声がする。征史郎は身体を屈め祠の縁の下に身を潜めた。頭上を足音がする。観音扉が開かれる音がした。

「では、宰相殿、あとのことはお任せくだされ」

かすれた声がした。義長が発したようだ。

「うむ、よしなに」

宗武は足早に階を降りるとそのまま石段を降りて行った。観音扉が閉められた。征史郎は縁の下に潜んだ。もぞもぞとした声がする。

「ほんなら、これを」

義長が言うと公家達のざわめきが聞こえた。ぞろぞろとした足音がし、再び観音扉からどやどやと公家達が出て来た。義長は手に藁人形を持っている。義長は藁人形を手に樫の木に向かった。

義長を取り巻き公家達も樫の木を目指した。

「これで、大願成就や」

公家の一人がうれしそうな声を出した。

「そや、間違いなしや」

別の公家が応じる。

「ほんなら、やります」

義長は公家達の興奮ぶりとは正反対に落ち着いた声を出し、藁人形を樫の木に当てた。右手で太い針を持ち藁人形を触って位置を確かめるとそのまま刺し貫いた。

「これから、連日呪詛をします」

義長はぽつりと言った。

征史郎は公家達が樫の木の周りを取り巻いている隙に祠の中を見た。護摩壇《ごまだん》があり、火が焚《た》かれている。火に不動明王像が揺らめいていた。いかにも調伏を行っているようだ。

征史郎はそれだけを確かめると再び縁の下に身を潜めた。

「さあ、祈禱をしまひょ」

義長は公家達に告げた。

「やりまひょ」

「そや、家重を呪い殺すのや」

公家の言葉に征史郎は身震いした。公家達は気勢を上げながら祠に入った。征史郎は高鳴る胸を落ち着かせようと大きく息を吸い込み、樫の木に走り寄った。老僧が針で刺した藁人形を見た。

——源家重——

藁人形にははっきりと記されていた。

「おのれ」

征史郎は祠に目をやった。祠からは、経文が聞こえた。明らかに、般若心経とは違う、聞いたこともないような呪文である。征史郎は藁人形を剝がそうと手をかけた。

その時、

「曲者!」

甲走った声がした。声の方を見ると、義長の手を引いていた小坊主である。直後に

観音扉が開き、

「なんや」

公家達がどやどやと出て来た。

征史郎は藁人形に伸ばした手を引っ込めた。次いで、

「ただではおかんぞ」

捨て台詞を残し竹垣を飛び出し石段を駆け下り、一目散に山門まで駆け抜けた。

第三章　仁大寺

一

江戸は番町の一角、表三番町通りの下野《しもつけ》佐野城主堀田《ほった》若狭守《わかさのかみ》正寛《まさひろ》の屋敷前、そこが花輪征史郎の実家である。兄征一郎《せいいちろう》は征史郎より十歳上の三十六歳、公儀御目付の要職にある。征史郎とは正反対に生真面目を絵に描いたような男だ。

征史郎が京の三条大橋に着いた四月末日の晩、征一郎は食事を終えると書斎に籠《こも》り、日課である書見《しょけん》をしていた。

「失礼いたします」

妻志保がお盆に番茶を載せ入って来た。征一郎は妻の顔を見ることもなく、茶は脇に置いておけとでも言うようにちらりと文机《ふづくえ》の上に目をやった。机の上は征一郎の性格を映し出しているように硯箱、書類がきちんと整理整頓されている。

征一郎は見台《けんだい》の前に正座したまま書物に視線を落としている。燭台の蠟燭が神経質そうな横顔を揺らしていた。

「今頃、征史郎殿は何をしておられるのでしょうね」

志保は独り言のようにつぶやいた。

「京の都であろう」

征一郎は書物に視線を落としたままである。

「都は分かっておりますが、都で何を」

志保は遠慮がちに聞いた。

「さあ、剣の修行とか申しておったから、いずれかの道場にでも通っておるのではないか」

征一郎はようやく顔を上げた。

「そればかりではないでしょう。都ですもの。お寺や神社、見物する所はたくさんありますわ」

志保は自分も京見物がしたいとばかりに瞳を輝かせた。征一郎は、「ふん」と鼻を鳴らした。

「あいつが、神社仏閣などに詣でるものか」

「あら、そうとは言いきれませんわ」

志保はやんわりと否定したものの夫の言葉に賛成するように吹き出した。

「まあ、あいつのことだ。どこへ行っても無神経な振る舞いをしておるだろうよ」

征一郎は苦笑を浮かべた。

「征史郎殿がいないと、屋敷の中はぽっかりと穴が空いたようですわ」

「平穏でよいではないか」

征一郎は茶碗を口に運んだ。

「そんなことありませんわ。子供達なんか本当に寂しそうです」

「悪いことを覚えなくていい」

「あら、子供達はとても慕っていますよ。特に亀千代などは叔父上さまに剣術の稽古をしていただきたい、などと毎日のように申しております」

「剣術修行は早い。亀千代はまだ六つではないか。そのことは正月に申したはず」

「亀千代が申しておるのは、剣術の修行というよりは剣術ごっこのようなものです。要するに遊んで欲しいのですよ」

志保の言葉には子供と遊んでやることなく厳格な躾《しつけ》しかしない征一郎に対する非難

が込められていた。それを征一郎は敏感に察し、

「だから、悪いことなど覚えなくてよいと申したのだ。亀千代は嫡男だ。花輪家の跡取りだぞ。征史郎にしても、いつまでも独り身でどうする。一生この家で無駄飯を食べるつもりか」

夫の非難の矛先が征史郎に向いてしまったことで志保は黙り込んだが、

「そうですわ」

突然、何かを思いついたように手を打った。征一郎がどうしたと目で聞いた。

「京の都で、いい人を見つければいいのですよ。東男《あずまおとこ》に京女と申します」

志保が弾んだ声を出すと、

「馬鹿馬鹿しい。江戸で縁談がうまくいかない男が剣術修行とか申して物見遊山に行った都で嫁が見つかるはずがなかろう」

征一郎は吟味をするような冷静な口ぶりで返した。

「分かりませんよ」

志保はこれ以上話していると征一郎の機嫌が益々悪くなると思い、含み笑いを浮かべながら書斎を出た。征一郎は志保の後ろ姿を眺めながら、征史郎のことを思い浮かべた。

「真面目に剣術修行をするのだぞ」

征一郎はぽつりと漏らした。


その頃、大岡忠光の屋敷の書斎に吉蔵の姿があった。

「今頃、征史郎は京に着いた頃か」

忠光は艶のいい顔の口元を緩めた。

「そうですね、江戸をお発ちになってもう半月ですからね。知恩院の日照さまと接触なさっておられるでしょう」

「ふむ、田安卿も五日前に都に入られたと今朝報せが届いた」

「所司代からですか」

「そうだ。だが、所司代屋敷にはご逗留にならず、近衛さまのお屋敷で過ごされるということだ」

忠光は表情を変えず淡々としたものだ。

「すると、田安さま、早速行動を開始されたのですね」

「おそらく、尊王派の公家ども、それに竹内式部とか申す学者と交わっておられるだろう」

「でも、田安さまが都におられるということは江戸ではしばらくの間、行動は起こさないということですね。つまり、平穏が保たれるということで」

吉蔵は安堵するように頬を綻ばせた。忠光は表情を崩さない。

「まあ、大がかりな企てがなされるとは思わんが、油断はできん。なにせ、油断なきお方じゃ」

「それは、ごもっともで」

吉蔵は頬を引き締めた。

「いずれにしても、田安卿のことじゃ。都で公家や禁裏と交わり、ご自分の勢力拡大に努めるだろう。問題は、江戸に戻ってからだ。あの御仁のこと、手ぶらで帰るとは思えぬ。必ずや、自分にとって大きな利となる土産をお持ち帰りになられるはず」

忠光は言っているうちに不安がこみ上げてきたのか顔を曇らせた。吉蔵も眉間に皺を刻む。

「まあ、ここは若にお任せになったのですから。若を信じるしかございません」

「それは、そうだ」

忠光はこれまでの征史郎の働きぶりを評価している。今の吉蔵の言葉はそれが分かっているだけあって説得力があった。それから、話題を変えるように、

「さしあたって江戸での大きな催しと言うと、お由紀《ゆき》の方《かた》さまの仁大寺ご参拝だな」

と、ぼつりと漏らした。お由紀の方とは将軍家重の側室である。すると、廊下を慌ただしい足音が近づいた。襖越しに、

「文《ふみ》が届きましてございます」

家人の声がした。忠光は落ち着いた声音《こわね》で、

「持て」

短く返事をする。襖が開き、家人が一通の書状を捧げ持って来た。忠光は受け取るや、さっと目を通す。忠光のこめかみに青筋が立った。吉蔵は何ごとかと問いたかったが、政に口出しすることは許されないと口をつぐんでいた。すると、

「明日、法源殿を訪ねよ」

忠光は命令と共に書状を差し出してきた。吉蔵は無言で受け取る。法源から忠光に宛てられたものだ。書面は短く、仁大寺で不穏な動きがある、ついては相談したいとだけ記されていた。

「若の都行きと関わりがあるのでしょうか」

吉蔵は低い声で聞いた。

「そうかもしれん」

忠光は思案するように眉根を寄せた。

「このまま平穏に打ち過ぎればと思っておりましたのに」

「まあ、仕方あるまい。予期せぬ出来事が起きるのが世の常じゃ」

忠光はさばさばとした顔になった。

「そうですね。そら、その通りです」

吉蔵も達観したような平穏な顔になった。


翌日、吉蔵は縞柄の着物に角帯を締め、黒紋付の羽織を着て店者《たなもの》を装い、仁大寺を訪ねた。本堂で参拝をすませると、小坊主に法源への取次ぎを頼む。すぐに、庫裏に導かれ、吉蔵が遠慮するほどの品《ひん》のある座敷に通された。座敷は枯山水の庭に面した十帖間で、水墨画の掛け軸、青磁の壺で飾られている。

上品なのは座敷ばかりでなく、用意された茶も品の良い萩焼の井戸形茶碗に注がれ、香りといい味わいといい舌がとろけそうだ。

「こら、場違いだな」

思わず吉蔵が声を漏らした時、

「お待たせした」

法源がやって来た。枯れ木のように痩せた身体を墨染めの衣に包み、深い皺が刻まれ柔和な表情を浮かべている。

二

吉蔵は居ずまいを正し、丁寧に頭を下げた。

「大岡出雲守さまの使いでまいりました」

吉蔵は懐中から忠光の紹介状を出した。法源は温厚な顔で検《あらた》めるとうなずき、笑顔を送ってきた。染みとおるような慈愛に満ちた表情である。

「わざわざ、ご足労頂いたのは、これなのじゃ」

だが、そんな法源の表情からは想像もつかない不穏な物を懐中から取り出した。藁人形だった。吉蔵は受け取ると一瞥しただけで、顔色が変わった。

「これは」

「そう、将軍家を呪うもの」

法源の穏やかな顔に影が差した。藁人形には家重の名が記されていたのだ。

「これをどこで」

「境内の裏手に樫の木があってのう、そこに太い針で刺されておったのを、昨日の朝小坊主が見つけたのじゃ。その時は性質《たち》の悪い悪戯と思っておったのじゃが、樫の木の裏の土から、大量の藁人形が出たと昨日の夕方分かった。これは放ってはおけないと大岡殿にお報せ申し上げたのじゃ」

「これは、性質《たち》が悪いではすまされませんね。一体、何者の仕業でございましょう。お心当たりございますか」

「さあて、このような大それたことをいたすとなると」

法源は首をひねった。

「お由紀の方さまが参詣に訪れるのは、明後日と聞いております」

「そうじゃ。その前に、このような不届きなことが境内で行われたとあっては由々しき事態。寺社奉行殿に届けようとも思ったが、お由紀の方さま参詣を前に、事を荒立てるのはよろしくはないと判断した」

「それは懸命なご処置と存じます」

吉蔵は思案を巡らせるように視線を泳がせた。将軍家重を呪うなどという不届きで且つ大胆な所業をする者といえば……。さしあたって思い浮かぶのは田安宗武と宗武を将軍職に推す一派である。しかし、いくら宗武を将軍にしたいためとはいえ、現職の将軍を呪い殺すなどということをするであろうか。

人を呪い殺すことなどできはしないという現実的な問題が一つ。もう一つは、宗武を将軍にしたいのなら、家重を隠居に追い込めばすむということだ。殺す必要はないのだ。しかも、分からないのは、仁大寺という浄土宗の名刹で呪いを施しているということである。もし、本気で家重を呪い殺したいのなら、密かに隠れて行うべきではないのか。

今回は法源の配慮により、寺社奉行への訴えはない。しかし、事が事であるだけにいずれ公となるだろう。そうすれば、下手人の探索が行われる。たとえ家重に指一本触れなくても将軍を呪ったとなれば、ただではすまない。その者とその者の一族に厳罰が下されるに違いない。そんなことは、誰にでも分かる。

一体、このことを企てた者の狙いはどこにあるのか。

「ともかくも、事は穏便にすませたい」

法源は元の穏やかな表情に戻った。

「そうですね」

吉蔵は我に返ったようにつぶやいた。それから、おもむろに、

「わたしが現場を押さえます」

「張り込むということかな」

「はい、藁人形に針を刺すのは人が寝静まった真夜中でございましょう。境内に張り込んで、何者の仕業か確かめます」

「そうしていただけると助かる。よもや、当寺の者達の仕業とは思えぬが」

「は、わたしもそう願います」

吉蔵は表情を引き締めた。


その晩、吉蔵は黒の小袖を尻はしょりにして手拭で顔を隠すというまるで盗賊のような格好で仁大寺に入った。藁人形が刺し込まれたという樫の木の周りの草むらに身を潜める。

夜風が草むらを揺らし、天空には星影が瞬いている。ひっそりと静まり返った境内は本堂が黒々とした姿を浮かべ、すべてが眠りの中にあるようだ。吉蔵は草むらの中に屈み、まるで石のように息を潜めた。

やがて星明かりに一人の男がのっそりとした歩き方で樫の木に迫った。墨染めの衣を着た男、頭を丸めている。僧侶だった。僧侶は左手に藁人形を持っている。

僧侶は樫の木の前に立ち止まり、藁人形を幹に押しつけた。

吉蔵は捕まえようと腰を浮かした。すると、

「御用だ！」

夜空に響き渡るような大音声《だいおんじょう》が上がった。次いで、御用提灯の群れがどやどやと近づいて来た。吉蔵は様子を見ようとその場から遠ざかった。僧侶は樫の木の根元にへたり込み、捕り方に取り巻かれた。

「寺社方じゃ、神妙にいたせ」

陣笠を被った侍が十手《じって》を突き出した。僧侶は逆らう気力も失せたのか、がっくりとうなだれて抗《あらが》うこともなく捕縛された。僧侶を連れた御用提灯が蛍のように揺れながら遠ざかって行く。吉蔵は呆然としながら見送ることしかできなかった。

翌日の早朝、吉蔵は大岡忠光の屋敷を訪れた。

すぐに書斎に通された。忠光は出仕の支度を整え書斎に現れた。

「火急の用向きとは」

忠光は単刀直入に用件に入った。吉蔵は挨拶もそこそこに、

「仁大寺にて一大事が出来《しゅったい》しました」

懐から法源に渡された藁人形を差し出した。一瞬にして忠光の表情が険しくなった。

吉蔵は法源から聞いた話を手短に話し、

「それで、真夜中に仁大寺にて潜んでいたのです。そうしましたら」

吉蔵は藁人形を手にした僧侶が現れたこと、寺社方がその僧侶を捕縛したことを語った。忠光はしばらく藁人形に視線を落としていたが、

「なんとしたことじゃ」

寺社方の動きを全く知らない様子だった。

「僧侶が何者で何故寺社方がその場で捕縛できたのかは不明です」

吉蔵が言うと、

「ふむ、わしとて、全くの寝耳に水じゃ」

忠光は口を曲げた。

「法源さまはいかにされるのでしょうか。寺社方が踏み込んだとなると、ただではすまないでしょう」

「よもや法源殿に災いが及ぶことはなかろうと思うが……」

忠光も心配げだ。だが、忠光の心配は不幸にも的中した。廊下を慌ただしい足音が近づき、一通の文が届けられたのだ。文には、法源が寺社奉行船橋《ふなばし》備前守《びぜんのかみ》の呼び出しを受けたと記されていた。

「これは、ひょっとして、法源さまを陥《おとし》れる……」

吉蔵は漏らしたものの確信が持てないため言葉に力が入らない。

「うむ、だとしたら、何者がいかなる目的であろうか」

忠光も吉蔵の考えに賛同したものの確信が持てない様子だ。

「どのようなことになるのでしょう」

「分からん。ともかく登城して確かめるしかあるまい」

忠光は腰を上げた。


登城すると、忠光は芙蓉《ふよう》の間《ま》に入った。芙蓉の間は寺社奉行、町奉行、勘定奉行といった三奉行の控えの間である。襖に芙蓉の花が描かれているためそう呼ばれる。

「これは、出雲殿」

寺社奉行船橋備前守久沖《ひさおき》がにこやかな顔を向けてきた。譜代で美濃赤坂五万石の城主である。歳は三十になったばかり。奏者番を務め、昨年暮れ忠光の親戚筋に当たる寺社奉行大岡越前守忠相死去に伴い、寺社奉行に就任した。将来の老中を嘱望される切れ者と評判の大名だ。

「備前殿、ちとお話が」

忠光は気軽な様子で声をかけた。船橋も表情を崩さず、

「では、あちらへ」

隣の座敷へと入った。襖を開け放し、密談ではないように見せ、二人は部屋の真ん中で向かい合った。

「ちと、小耳に挟んだのでござるが」

忠光が切り出すと、

「仁大寺のことでござるか」

船橋はずばり聞き返した。

「いかにも」

「出雲殿がどの程度ご存知なのか分かり申さんが、寺社方では仁大寺のことは内偵を進めておりました」

船橋はさらりと言ってのけた。

「内偵と申されると、仁大寺に何か不穏な動きがあったと申されるか」

「いえ、そういうわけではござらん。ただ、お由紀の方さまの参詣を控えていることもあり、寺社方としましては、ゆめゆめ粗相があってはならないという意図から前もって探索した次第。そうしましたら、かの寺にて畏れ多くも上さまを呪う藁人形を樫

の木に針で刺すという不届き極まる所業がなされておる、ということを隠密が探索してまいったのでござる。わたしとしましては、放っておくことはできません」

船橋は当然のことをしたまでだと言い添えた。

「なるほど、それはご苦労でござった」

忠光も賛同せざるをえない。

「して、そのような不届きな行いをなしておった僧侶、一体、何者でござる」

「宋秀《そうしゅう》と申す若い僧侶でござった。先月、京の知恩院からまいった者でござる」

「ほう、知恩院から」

忠光はふと上洛中の田安宗武が介在しているのではという疑念が生じたが、いくらなんでも思い過ごしかとすぐに頭の隅に追いやった。

「ともかく、宋秀めの取調べを厳重に行う所存でござる」

「御住職の法源殿はいかにされるので」

「先ほど、蟄居《ちっきょ》を申しつけました。宋秀の取調べいかんによっては、責めを負うことになるでしょうな」

「すると、仁大寺は破却……」

忠光は漏らした。

「場合によっては」

船橋は丁寧に頭を下げると腰を浮かした。

忠光はそれを目で送った。

三

その日の夕刻、下城しようとした忠光を御城坊主が呼び止めた。上さまのお召しだという。忠光は威儀を正し、廊下を足早に進み中奥にある将軍御休息の間に至った。丁寧な所作で部屋に入ると、寺社奉行船橋久沖が座していた。

忠光は華麗な装飾画が施された襖絵に目をやりながら、上段の間のすぐ近くに座した。家重の言葉を船橋に繋《つな》ぐためである。上段の間は、まだ家重は座しておらず、ぽっかりとした空間が広がっている。

船橋は無表情で上段の間に視線を向けていた。どうやら、仁大寺の一件につき、家重の裁断を仰ぐということだろう。忠光は船橋の表情から宋秀の取調べ結果を探ろうとしたが、一切の感情が浮かんでいないため、読み取ることはできなかった。

やがて、御城坊主が、

「上さまの御成り」

と、明瞭な声音で告げた。忠光も船橋も両手を畳につき面《おもて》を伏せた。上段の間に衣擦れの音がし家重が着座した。家重は口をもごもごと動かした。忠光はすかさず、言葉を繋ぐ。

「上さまにおかれましては面を上げよとおおせである」

「ははあ」

船橋はゆっくりと顔を上げる。家重は忠光に顔を向けた。忠光は膝を進め、耳を近づける。

「船橋殿、発言を許すとのおおせである」

忠光に告げられ船橋は懐から分厚い書付《かきつけ》の束を取り出した。忠光が受け取り、家重に渡す。家重は厳しい顔で視線を落とした。

「仁大寺僧侶宋秀の吟味結果にございます」

船橋は家重が読み終えるのを静かに待った。忠光は固唾《かたず》を飲んで見守った。家重は読み終えると忠光に下げ渡した。忠光は急いで視線を走らせた。その間に、

「宋秀なる僧侶、畏れ多くも上さまを呪ったること、白状してございます」

船橋は吟味の様子を丁寧に説明した。

「よって、宋秀には厳罰を与えるのが当然と考えますが、さらに、宋秀にそのような邪《よこしま》な企てを行わせたという」

船橋がここまで言った時、

「法源殿がやらせたと申されるか」

忠光は報告書にある法源の名に驚愕した。船橋はあくまで落ち着いた様子で、

「さようにござります」

軽く頭を下げた。家重は唇を噛み困った顔になった。船橋は話を続けた。

「従いまして、法源こそ今回の企ての中心人物でござります。そのような不届き極まる住職をいただく寺、仁大寺を破却にすべきと存じます」

「待たれよ」

忠光は言葉を遮った。

「なんでござる」

船橋は静かに顔を向けた。

「法源殿はそれをお認めになったのか」

忠光は強い口調になった。

「宋秀の証言にござる」

「宋秀がそう申しても法源殿はいかに申されておられるのか」

「法源は当方の取調べに対し、身に覚えがないと申し立てております」

船橋は最早《もはや》、「法源」と呼び捨てにしている。忠光は歯軋《はぎし》りした。

「では、宋秀の言い分だけで法源殿を罪に問うと申されるのか」

「それで、十分と存ずる。何故なら、宋秀に嘘をつく理由がないからであります」

船橋は家重に訴えた。家重は判断を避けるように目を泳がせた。

「自分の罪を法源殿に着せるということではないのか」

忠光は船橋に向き直った。

「否、そうではない」

船橋は厳しい言葉を返した。

「ほう、何故か」

忠光は落ち着こうと声を低めた。

「宋秀はたとえ法源に命じられて行ったこととはいえ、自分の行いが決して許されるものではないと申し、自らを厳罰に処して欲しいと申し立てておるのでござる。さらには、法源の書斎より、上さまを呪う文を押収したばかりでござる」

船橋はどうだと言わんばかりに自信に満ちた物言いをした。

「そんな」

　忠光は絶句した。

「従いまして、法源の罪は明白でございます」

　船橋は家重に向かって両手をついた。家重はしきりと首を横に振っている。

「重ねて言上《ごんじょう》申し上げます。法源には厳罰を、仁大寺は破却にするのが適当と存じます」

　船橋は家重の裁断を仰いだ。

「待たれよ」

　忠光が割って入る。

「わたしは上さまの御裁断を仰いでおる」

　船橋は忠光を向き、引っ込んでいろとでも言いたげに鋭い声を浴びせた。

「御裁断を仰ぐには、吟味不足と申しておるのだ」

　忠光は負けじと睨み返した。

「不足と申されるか」

「ああ、不足である。かりにも仁大寺と申せば、浄土宗の名刹である。歴代の将軍家や御台所《みだいどころ》さま、御側室さま方が参詣なさった由緒正しき寺院。法源殿も知恩院で修行をされた名僧。それをあまりに一方的な吟味を以《もっ》て極刑に処すなど、言語道断である」

「一方的な吟味ではござらん。上さまを呪う文も押収しておるのだ」

「だから、それを以て法源殿の所業とは決めつけられぬではないかと申しておるのだ」

「否、それは違う」

二人が激しく言葉を応酬すると、家重は悲鳴を上げ両手で耳を塞《ふさ》いだ。忠光はあわてて上段ににじり寄った。船橋もさすがにこれ以上の議論を続けることはできず、

「ご無礼つかまつりました」

両手をついて平伏した。忠光は家重が落ち着くのを待ち、

「備前殿、本日のところはお下がりください」

丁寧に言葉をかけた。

「かしこまりました」

船橋もこれ以上抗うことはできないと静かに退座した。忠光は船橋の姿がなくなってから、

「上さま、お心を煩《わずら》わせまことに申し訳ござりません」

家重に平伏した。家重は口をもごもごと動かした。法源と仁大寺を心配している言葉が並べられた。

「ここは、やはり、早計に結論は下せぬと存じます」

忠光の言葉に家重もうなずいた。

「船橋殿以外の者に吟味を任せるのがよろしいかと存じます」

忠光が言うと家重は考える風に視線を泳がせた。

「評定所で公正に法源殿を裁かせます」

家重はうなずいた。それから、口をもごもごと動かした。忠光は家重の言葉を受け止めた。

「花輪征一郎にござりますか」

忠光の問いかけに家重は大きくうなずいた。家重は三月に忠光が錦小路殺害の容疑をかけられ窮地に陥った時、征一郎が吟味を行い見事忠光の無実を晴らしたことを持ち出した。

「花輪であれば、公正な吟味を行うことでありましょう」

忠光は胸に希望が湧き上がり顔を輝かせた。

その晩、征一郎は書斎で日課である書見をしていた。すると、志保の足音が近づいて来る。いつもよりも、急ぎ足、しかも心なしか緊張感が伴っている。

「失礼いたします」

志保の声は緊張で震えていた。

「入れ」

征一郎は書籍を閉じた。

「大岡出雲守さまから書状が届きましてございます」

志保は将軍の側近中の側近から直に届けられた書状に真摯な眼差しを向け両手に捧げ持って書斎に入って来た。征一郎が無言のまま受け取ると志保は静かに書斎を出た。

征一郎は緊張の面持ちで書状を開け、燭台に近づけた。書状は忠光から仁大寺における家重呪詛の一件が綴られ、法源の吟味をするよう命じてきた。

さらには、忠光とは別に書付が一通入っていた。差出人は家重だった。家重は直々に法源の吟味を命じていた。

「かしこまってござります」

征一郎は書付を文机に置き、平伏した。

第四章　鬼斬り静麻呂

一

征史郎は山門を出るとたちまち警護の侍に囲まれた。

刀の柄に手を伸ばした。が、すぐに折れたことを思い出し、手を引っ込める。中に薩摩者の姿もあった。

「おい、何をするんだ」

征史郎は野太い声を放った。

「きさま、昨夜の……。何しに来た」

薩摩者は眉を寄せた。

「参詣だよ」

征史郎は傲然と返した。

「ふざけるな！」

薩摩者が怒鳴ると同時に征史郎は侍の輪の中に突っ込んだ。輪が乱れた。その隙を突っ切り山間の道に踏み込んで行く。侍たちが唖然とする中、征史郎は山深く走って行った。

薩摩者が侍達をけしかけた。

征史郎はしばらく懸命に走り背後を振り返った。杉の木立や草むらが広がるばかりで人の気配はない。征史郎は息を整えようと立ち止まった。すると、がさがさと草をかき分ける音がし、がなり声が聞こえた。征史郎は草むらから石を拾い着物の袂に忍ばせた。すると眼前に、

「観念しろ」

薩摩者が現れた。

「ずいぶんと大仰《おおぎょう》なことだな」

征史郎は立ち尽くした。

「おまえ、知恩院の用心棒だろ。こんな所で何をしているのだ」

薩摩者は背後に侍達を待機させた。

「だから、言っただろ。毛念寺に参詣にやって来たのだ」

「ふざけるな」

「きさまこそ、こんな所で何をしているのだ。近衛家の用心棒が……。なあ、薩摩の御仁よ」

薩摩者はけらけらと笑い、

「おいは、南郷庄乃進《なんごうしょうのしん》じゃ。今は、ゆえあって薩摩藩を離れておるとじゃ。おまんは、何者じゃ。公儀の犬か」

「おれは花輪征史郎と申す。直参旗本と言いたいが部屋住みだ」

「部屋住みの旗本が京に何しに来た」

「見物さ」

「見物じゃと」

南郷は鼻で笑った。

「ああ、おれは、神社、仏閣が大好きなんだ」

「笑わせるな。もうよか、ここでは聞かん。別の場所でじっくりと聞かせてもらおう。来やんせ、一緒に」

南郷は鋭い顔になった。

「いやと言ったら」

征史郎は笑みを投げかける。

「しょうがなか。斬るまでじゃ」

南郷が刀の柄に手を伸ばした瞬間、

「とう」

征史郎は袂に忍ばせた石を南郷の顔めがけて投げつけた。南郷は思わず、身体をのけ反らせる。征史郎は再び走りだした。鬱蒼と茂る木々の枝を払いのけながらひたすらに走った。

しかし、南郷達も追及をやめようとはしない。獲物を追う猟犬のように追いかけてくる。征史郎は行き当たりばったりに走るうち、伝説の太刀が突き刺さった杉の大木に出た。南郷達は逃さず、征史郎を取り巻く。

「もう、逃げられんぞ。さあ、おとなしくついて来やんせ。命までは取らん」

南郷はこれが最後だとばかりに大きく目を開け言い放った。すると、まるでそれが呼び水となったように空がにわかに黒々とした雲に覆われた。と、間もなく大粒の雨が降ってきた。さらには、雷光が走り、雷鳴が轟く。

耳をつんざくような激しい雷は木々の枝をも揺らした。南郷は侍達に右手を挙げた。

一斉に刀が抜かれた。みな、逆手である。昨晩同様に忍びの者だ。

「殺すな。生け捕りじゃ」

南郷の言葉を受け、忍び達は捉えた獲物がもがくのを楽しむかのようにじりじりと征史郎ににじり寄って来た。

征史郎は杉の大木に突き刺さった太刀の柄に手をかけた。雷光が走り、南郷達の後方に雷が落ちた。南郷達はさすがに驚き、背後に気を取られた。征史郎は両の手に渾身の力を込めた。軋んだ音がし、太刀がみしみしと動いた。征史郎は幹に右足をかけ、思いきり引っぱった。

ひときわすさまじい雷鳴が轟く。山が震えた。

「どうりゃ！」

征史郎の雷鳴にも負けない豪快なかけ声と共に太刀は引き抜かれた。伝説の太刀は雷光に眩しく煌いた。忍びが征史郎の背後に迫った。征史郎は振り向きざま、太刀を横に一閃させた。忍び二人が胴を割られ、草むらに転がった。征史郎は両の手にずしりとした太刀の重みを感じた。それは、心地の良い重みだった。

今までの刀よりも長い、刃渡り三尺はありそうな長寸の太刀は征史郎の手に、いや、身体にぴったりと馴染んだ。まるで、身体の一部のようだ。

征史郎は南郷達を睨みすえた。南郷も抜刀した。激しい雨が突風を伴い征史郎の顔を殴るように降り込める。征史郎はものともせず、南郷達に向かった。忍びが二人、杉の木に登ったと思うと、すぐさま枝から落下して来た。

征史郎は蝿でも追っ払うように太刀で払った。忍びの刀が折れ、二人は後ずさった。さらに、忍びが右左、前後挟むように迫って来る。征史郎は腰を落とし、太刀を下段に構えて独楽《こま》のように回った。忍び達は太刀の勢いに弾き飛ばされた。南郷が前に出た。

征史郎は太刀を八双に構えた。

南郷は薩摩示現流特有の構えをする。右足を前方に開き、腰を落として刀を肘を曲げずまっすぐに右肩前方に立てかけた。

「どおりゃ」

「ちぇすと！」

征史郎と南郷は同時に踏み出した。二人の刀が重なり合った。鍔《つば》迫《ぜ》り合いになり、二人は互いに引くことなく押し合う。力は征史郎が勝《まさ》った。南郷は後方に飛ばされ草むらの中に転がった。背後に殺気を感じた。征史郎は振り向きざま脇差を掴むと、投げ放った。脇差は矢となり忍びを杉の大木に串刺しにした。

南郷は、

「退け」

悔しそうな声を発した。

征史郎は追うことはせず肩で息をした。

森の中には忍び達のもがく姿が残された。


征史郎は松雄の窯場にたどり着いた。雨に濡れながら、太刀を抜き身のままぶら下げる征史郎の姿は凄絶《せいぜつ》を極めていた。征史郎に、松雄は古《いにしえ》の武者を見た。

「まあ、入られよ」

松雄は何も聞かず、征史郎を窯場に入れた。

「それは、九郎判官はんが鬼を斬った太刀ではございませぬか」

松雄は征史郎の太刀に目をやった。

「そうだ」

征史郎は短く答えるに留めた。

「花輪はんがあの太刀を」

松雄は感慨深そうに目を細めた。

「花輪はん、見せてください」

松雄は興奮のためか頬を火照《ほて》らせて征史郎から太刀を受け取った。しばらく、ため息混じりに眺めてから、

「これ、刀にしましょう。茎《なかご》を刀の長さまで磨《す》り上げます」

「刀にか……」

「花輪はんがお持ちになる刀にふさわしいと思います」

「しかし、誰の持ち物と分からない太刀を」

抵抗する征史郎に、

「いいえ、これは、引き抜いたお人が持つのがふさわしいのです。太刀も引き抜かれることを待っていたんですよ」

松雄が言うと、

「その通りでございます」

鈴吉も力強く応じた。

「そうか、では、頼むとしよう」

征史郎の顔から笑みがこぼれた。

「これは、鍛え甲斐があるぞ」

松雄は鈴吉を見た。

「ほんなら、あとはお任せください。これを鍛え、茎を磨り上げ、刀にふさわしい長さにします。それから、鞘も用意しましょう。出来上がりましたら、知恩院さんへお届けします」

松雄はすぐにでも仕事にかかりたくてしょうがない様子だ。

「分かった、お任せしよう」

征史郎も松雄のやる気を見れば断ることはできない。そして、ふと思いついたように、

「これほどの業物。名をつけねば……。なにせ、義経が鬼を斬った太刀だ。よし、鬼斬り静麻呂。うむ、鬼斬り静麻呂、いいじゃないか」

笑顔を松雄に向けた。松雄は、

「それは……」

自分の名前が入れられることに抗ったが、

「決めた。鬼斬り静麻呂だ」

征史郎は、「決めた」と何度も繰り返した。

「お帰りなさいませ」

綾乃がやって来た。

（さて、これで、刀のことは解決した）

征史郎は宗武との対決を思った。

二

征史郎は知恩院の草庵に戻った。戻る頃には雨は上がり夕闇が降りていた。ぐったりと草庵の部屋に籠りしばらく寝入った。四半時ほども経ったであろうか。にじり口を叩く音がした。

征史郎は夢の中で南郷との決闘を続けていた。その決闘の最中を起こされ、寝覚めの悪さに閉口しながらもやっとの思いで返事をする。

「どうぞ」

「失礼します」

弥助の声がした。にじり口が開き、弥助と共に日照の穏やかな顔も入って来た。

「これは、日照殿」

征史郎は正座した。

「いや、お楽に」

日照は言うと、弥助と共に征史郎の前に座った。

「よき刀、手に入りましたかな」

日照の穏やかな問いかけに、

「はい、それが、法外な刀が」

征史郎は伝説の太刀について語った。語っているうちに、南郷達との死闘が思い出され身体中を血潮が駆け巡った。日照の目も好奇に満ちた。

「そいつは大したもんや」

弥助もため息を漏らした。

「いやあ、まあ、その辺で」

征史郎は照れたようにかぶりを振った。

「ところで、探索の成果があったようですな」

征史郎は弥助ばかりか日照もやって来たことに期待を寄せた。

「へえ、それが」

弥助は近衛邸での探索を報告した。

それによると、田安宗武はやはり、近衛屋敷に滞在しているという。六日前に京に到着した。その足で御所に参内《さんだい》し、三月に起きた勅使錦小路の自害につき報告した。自害の原因としては錦小路が結核を患い、余命いくばくもないことを絶望しての行いと説明した。

禁裏も了承し、朝廷と幕府の間で無用の争いが起きないよう宗武に願ったという。また、桃園《ももぞの》天皇自ら宗武の労に対するねぎらいの言葉をかけられた。宗武の御所での評判は高まり、誰もがその才覚を誉めそやしたという。

宗武は、参内を終えると竹内式部が主催する公家達の集《つど》いに積極的に出席している。

「その公家達とは？」

征史郎が聞くと、

「中納言蛸薬師実篤《たこやくしさねあつ》卿、参議堺町彩麻呂《さかいまちあやまろ》卿、同じく参議三条東信兼《さんじょうひがしのぶかね》卿の御三方が特に熱心に田安はんと会合を持たれておられます。いずれもお若いお公家さん方で竹内式部はんの熱心な門人です。そして、御三方をお引き合わせられたのは武家伝奏広橋兼胤《ひろはしかねたね》卿でおます」

「広《ひろ》橋卿か、勅使で江戸にまいられた御方だな。竹内式部といい、江戸で死んだ錦小路卿と繋がりがありそうだな」

征史郎は腕組みをした。

「弥助の報せを聞きましてな、その御三方の公家をこのように」

日照は懐から三枚の紙を取り出した。墨で似顔絵が描かれている。征史郎が手に取ると、

「これは蛸薬師卿、これは堺町卿、そしてこれが三条東卿や」

日照は弥助の報告を聞き、三人の似顔絵を作成したのだった。幸い、三人とも面識はあったのだという。

「日照はんの絵は玄人《くろうと》はだしと評判ですわ」

弥助が口を挟むと日照はうれしそうに目元を緩ませ、

「ほんで、花輪はん。毛念寺で見かけたというお公家さんやけど、ひょっとしてこの御三方やないか」

征史郎は視線を凝らすこともなく、

「この三人です。間違いない」

「ほんなら、この三人、公方さんや豊後殿を呪詛していたのやな」

日照は、言ってから、「おお、こわ」と首をすくめた。

「まさか、本気で上さまのことを呪い殺す気でしょうか」

征史郎が聞くと、

「本気やろ。冗談でこんな大それたことするはずおへんがな」

日照は真面目な顔をした。

「しかし、いくらなんでも、呪い殺すなど」

征史郎は笑いそうになったが日照の真剣な顔を見ると不謹慎な思いが込み上がり、ごくりと唾と一緒に飲み込んだ。

「ええですか、花輪はん。現に松平豊後殿は呪い殺されたやおへんか」

日照は気色《けしき》ばんだ。

「日照殿は呪い殺されたとお考えか。毒殺ではなくて」

征史郎は小首を傾げた。

「毒殺も呪殺も殺されたことに変わりはおへん」

日照は臍を曲げたようだ。

「そう考えれば、そういうことになるでしょうか」

征史郎は困ったような顔で弥助を見た。

「日照はんがおっしゃるように、お公家さん方は所司代さんの命を縮めようと毛念寺で呪詛しておられたんですから、それだけでも問題でっしゃろ」

「それは、その通りだ。祇園の茶屋で豊後さまと同席した公家もこの三人」

征史郎は毛念寺で綾乃が三人を見かけ資訓の宴席に同席していたと証言したことを持ち出した。日照は当然のことと受け止め、

「近衛はんも関わっておいでのことは間違いないやろな」

「田安卿の御正室は近衛家の先代御当主家久《いえひさ》公の姫。ということは、現在の御当主内《うち》前《さき》公とは御兄弟の間柄となる。ですから、田安卿を将軍職に推すのはもっとも。しかし、五摂家筆頭近衛家の当主ともあろう貴人が将軍家を呪詛したとなりますと、朝廷は……」

征史郎は顔を曇らせた。

「せやから、近衛はんには手を出さんといて公家どもだけを始末するんでおます。ほんで、近衛はんは手も足も出んようにならはる。しばらくは、おとなしゅうしてはるやろ」

日照はさらりと言ってのけた。温厚な人柄の奥にこのような豪胆さが潜んでいようとは、征史郎は浄土宗の総本山を守る高僧の底力を垣間見た気がした。

「近衛さまのことは置いておくとして、朝廷には田安卿の勢力がかなり根づいていることになりますな。こたびの田安卿の上洛がそれに拍車をかけたということですか」

征史郎は思案した。

「その都にあって目障りやったのが豊後殿だったのや。それと、わが知恩院」

日照は暗い目をした。

「それで豊後さまを」

征史郎も顔を曇らせたが、

「しかし、朝廷はこう申しては失礼ながら、権威はあってもお力はない。田安卿を力ずくで将軍職に就けることはいくらなんでも無理と申すもの」

「確かに、力はおへんな」

日照も認めた。

「力なく、武家の棟梁たる征夷大将軍の首をすげ替えることなどできませんぞ」

「その通り」

日照がうなずくと、

「それで、呪いをかけてるんやおまへんか」

弥助が口を挟んだ。

「らちもないことだ」

征史郎は笑い飛ばしたい気がした。しかし、日照も弥助も暗い顔のままだ。

「どうなされたのです。呪い人形などという馬鹿げたもので上さまのお命が危うくなると、お考えなのではないでしょうな」

「いや、そうやおまへん」

弥助はかぶりを振った。

「そうじゃないと言うと」

「力はなにも武力だけではないということじゃ」

日照が言った。温厚な表情に戻っている。いぶかしむ征史郎に、

「金ですわ」

弥助は右手で金の印を作った。

「金……？　朝廷に金があるのですか。畏れ多くも、台所事情は楽ではないと聞いておりますが」

征史郎は小首を傾げた。

「朝廷にはない」

日照は言った。

「すると、埋蔵金でもあるのですか」

征史郎は伝説の太刀、呪詛の寺ときたのだから埋蔵金が出てもおかしくないと思った。

「いや、朝廷に金はない。だが、薩摩になら」

日照は遠い目をした。

「薩摩ですと」

征史郎は南郷の顔と示現流の剣が脳裏を過《よ》ぎった。そうだ、薩摩は近衛家とは繫がりが深い。その薩摩が宗武一派に与《くみ》することは十分に考えられる。南郷は薩摩藩を浪人したと言っていたが、宗武を推す近衛家に雇われ家重や資訓を呪詛する公家の用心棒まがいのことをやっているのだ。

「しかし、薩摩にそれほどの金があるのですか」

「花輪はん、聞いたことおまへんか。御禁制の抜け荷のこと」

弥助が聞いた。

「ほう、薩摩が」

征史郎はその辺のことになると疎《うと》い。日照が、

「薩摩は琉球を支配下に置いておる。その琉球は清国に朝貢をしておる。清国の冊封《さくほう》使《し》を受け入れておるのじゃ。つまり、琉球は薩摩を通じて日本と清国の二重支配を受けておる。薩摩はその琉球を介して清国と長崎を経ないで抜け荷を行っておるということじゃ」

「なるほど、して、それは大がかりなものなのですか」

「薩摩の富は朝廷にとっても大きな後ろ盾、そして田安卿にとってもじゃ」

日照は大きく首を縦に振った。

「すると、田安卿はもし将軍になられたら、薩摩の抜け荷に便宜を図るということか」

征史郎は胸に暗雲が立ち込めた。

三

その翌々日、征史郎の草庵を綾乃が訪ねて来た。まだ、早朝、夜が明けて間のない頃である。朝日が顔を出し若葉を目覚めさせ、渓流を白糸の塊のように映し出している。朝靄が次第に晴れていった。

「花輪はん」

綾乃の鴬のような声に起こされ、征史郎は心地よい目覚めができた。布団から跳ね起き、大きく伸びをする。

「ちょっと、待ってくれ」

そう声をかけておいて征史郎は身支度を整え、布団を畳むと障子を開けた。

「おはようさんどす」

朝日を受けた綾乃は巫女のように清楚だった。

「おはよう」

征史郎は浮き立つ気持ちを抑えながら縁側に立った。綾乃は両手に錦の細長い袋を抱えていた。聞くまでもなく、鬼斬り静麻呂であることは一目瞭然である。

「わざわざ、届けてくれたのか」

「すんまへん、こんな朝早くに。うち、お稽古ごとがありますよってに。この時をおいて来られまへん」

綾乃は申し訳なさそうに目を伏せた。それが、征史郎の胸を一層掻きむしった。

「おれの方がかえって恐縮するよ。わざわざ、綾乃ちゃんに届けさせて」

征史郎は照れを隠すように刀に視線を向けた。綾乃から受け取り錦の袋を開け、刀を取り出した。

「おお、これは、見事な」

鮮やかな朱塗りの鞘が現れた。柄《つか》は真新しい黒糸で豪壮にしつらえてある。征史郎は胸の高鳴りを押さえながら、柄に手をかけ抜き放った。朝日を受け、刀身は眩《まばゆ》いばかりの輝きを放った。小板目肌と呼ばれる精緻な地肌に三本杉の刃紋が匂い立つように研ぎすまされている。まさに、丹精を込めた仕事ぶりだった。

刃渡りは三尺（約九十一センチ）丁度、茎の部分が磨り上げられ、刀にしつらえてあった。

「いやあ、お似合いやわ」

綾乃は征史郎が剛剣を持って立ちつくす姿を見上げた。

「いやあ、見事な仕事ぶりだ」

征史郎はうっとりと眺めてから鞘に収めた。

「では、礼金だが」

征史郎が聞くと、

「いりまへん」

綾乃は言った。

「そんなわけにはまいらん」

「いいえ、松雄師匠がそう申されたんやそうどす」

「何故だ」

「この太刀を腰に差すのにふさわしいお方にめぐり合い、かつそのお手伝いをさせてもろうただけで刀工冥利につきるとかで」

「そんな」

征史郎は内心悪い気はしなかったが、やはり、ただでもらうことには抵抗がある。そんな征史郎の心の内を見すかすように、

「かまへんや、おへんか。もろうておきなはれ。花輪はん、見かけによらん、気いつかいどすな」

綾乃は明るく言った。綾乃に言われると不思議と抵抗はやみ、

「ならば、遠慮なく」

征史郎はにっこり笑った。それから、日照が描いた似顔絵を思い出し、三枚を縁側に並べた。征史郎は念のため、

「松平豊後さまの宴席に出ておったのは、この方々だな」

綾乃は堺町の似顔絵を手に取った。さらには、残る二人の絵にも目をやり、

「このお公家さん達どす。所司代さんと一緒におられた御三方は。毛念寺でもお見かけしましたでひょ」

「そうだったな」

征史郎が礼を述べると、

「ほんなら、うちはこれで」

綾乃は甘い香りと屈託のない笑顔を残して去った。

征史郎は大刀を腰に納めた。

「おはようさんです」

弥助がやって来た。

「おう」

征史郎は鬼斬り静麻呂を見せた。弥助も感嘆の声を上げた。

「ところで、花輪はんや日照はんを襲った連中ですが、どうやら伊賀者のようですわ」

弥助は言った。だが、その顔に陰《かげ》りがあった。

「どうした？」

征史郎は気にかかった。だが、弥助は、「なんでもありまへん」とそそくさと立ち去った。征史郎はそんな弥助の態度が気になったが、すぐに伊賀者のことに考えが向いた。

征史郎には思い出すことがあったのだ。三月、江戸で錦小路の事件を調べていた時、襲撃を受けたのである。すると、伊賀者は宗武の味方についたということか。

征史郎が思案に暮れていた頃、近衛屋敷の茶室で宗武と近衛内前が茶を喫していた。内前は二十五歳、五摂家筆頭近衛家の当主としての風格と血気盛んな青年貴族の面影を宿している。二人のほかに一人の身なりのいい武士がいる。こちらは三十路《みそじ》半ば、狐のような目をした脂ぎった男だ。薩摩藩家老光岡掃部《みつおかかもん》である。

「蛸薬師殿らのおつきあいで鞍馬の毛念寺を参詣しました。薄気味悪い寺でありました」

宗武は苦笑を浮かべた。

「呪詛をやる寺ですからな。あの三人、妙なものにうつつを抜かしておるものや。人を呪い殺すなど、あほなことや。ま、あないなことして、家重はんや松平資訓はんへの鬱憤を晴らしておるのやろ。宗武はんもようおつきあいなさったものや。おまけに、多額のお布施まで出しはったそうやないか」

内前は呆れた様子である。

「まあ、それなりに御利益があると存じましてな」

宗武は含み笑いを漏らすと光岡を見た。

「たしかに、御利益が江戸あたりで……」

光岡も思わせぶりな笑みを浮かべた。宗武は、「ところで」と前置きし、

「光岡、目障りな男がおるそうではないか」

茶釜がぐつぐつと音をたてている。

「はい、蠅のような者ですが」

光岡はなんでもないことのように落ち着いて返した。

「蠅かいな」

内前は蠅を手で払う仕草をした。

「どこから来た蠅であろうな。大方《おおかた》、江戸あたりか」

宗武は茶をごくりと飲んだ。

「おそらくは、江戸と思われます。とすると、伊賀者でしょうか」

光岡が聞くと、

「いや、江戸城の警護についている伊賀者に、そんな骨のある者はおらん。伊賀の国許の連中ならこちらが手なずけている」

宗武が答えた。

「すると、御庭番でございますか」

光岡は言った。宗武はしばらく考える風だったが、

「いや、このところ御庭番が派遣されたということは聞いたことがないな」

宗武はいぶかしんだ。

「いずれにしても、江戸からの隠密や、用心に越したことはおへんな」

内前は天目茶碗に湯を注いだ。

「その蠅、何匹くらいなのだ」

宗武は好奇心を抱いたようだ。

「それが、一人ということでございます」

光岡は恥じ入るように面《おもて》を伏せた。

「なんじゃと、一人じゃと。これは驚き入ったな。薩摩示現流の遣い手と伊賀者が寄ってたかってたった一人の男に翻弄されておるとは」

宗武は蔑むような笑いを浮かべた。

「全く、面目次第もございません」

光岡は両手をつき顔はおろか耳までも真っ赤に染めた。

「ほんでも、一人で天下に名だたる薩摩示現流やら伊賀者やらを翻弄するとは大した男やな」

内前は心底から感嘆したようだ。

「どんな男なのだ」

宗武も興味が湧いたようだ。

「さあ、そこまでは」

光岡がぐずぐずとした物言いをすると、宗武のこめかみがぴくりと動いた。

「そのように腕の立つ者、素性を確かめないで平気なのか」

宗武の射すくめるような視線を受け、

「は、ただちに」

光岡は茶室のにじり口を出ようとした。が、

「よい。立ち合った者に直に聞こう」

宗武が言うと、

「しかし、あのような下賤の者を宰相さまにお引き合わせするのは」

光岡は躊躇《ためら》いを見せたが、

「苦しゅうない。ここは江戸ではない。それに、近衛家に仕えておる者ではないか」

宗武はそんなことより蝿に好奇心が湧いたようだ。

「では、これに」

光岡はにじり口を開け、

「南郷」

と、呼ばわった。すぐに、南郷の素早い足音がし、

「南郷にごわす」

南郷がにじり口で片膝をついた。

「南郷、おまえが」

光岡が問いかけをしようとするのを宗武は遮り、

「南郷とやら」

宗武がにじり口であぐらをかいた。

「こちら、畏れ多くも田安宰相さまじゃ」

あわてて光岡が告げた。

「ははあ」

南郷は深々と頭を下げた。

「苦しゅうない。直答《じきとう》を許す」

宗武は温和な声音を投げかけた。

四

「そのほうらが相手したという男、何者であるか」

　宗武は単刀直入に用件に入った。南郷はぎらりとした目をし、

「正体は分かりません。知恩院の日照の用心棒をしております。剣はかなりの腕と見受けました。おそらくは、所司代から遣わされた者ではないかと存じます」

「容貌は」

「身の丈はそれがしと同じくらいでございもす」

「ほう、かなりの背丈よのう」

「はい。それがし、六尺あまりござりもす。ただし、それがしとは違い目方の方もかなりのものと、そう、牛のような大男でございもした」

　宗武は牛のような男と聞き、胸が騒いだ。

「牛のような男な」

　まさか、花輪征史郎。

　宗武は田安家の剣術指南役を任せている海野玄次郎の道場と征史郎が属する坂上道

場の剣術試合を行わせた。そこで見た征史郎の腕を見込み、取り立てようと誘った。ところが、断られてしまった。宗武にとっては屈辱的な出来事だった。自分の勧誘を頑として断った牛のような男、花輪征史郎のことを鮮烈に脳裏に刻んでいる。

いや、考えすぎか。

牛のような巨軀で剣の腕の立つ者というだけで征史郎と決まったわけではない。それなのに征史郎のことが頭に浮かぶとは、まだ征史郎に未練があるということか。

宗武は苦笑を漏らすと、

「宰相さま、いかがなされましたか」

光岡が気づかった。宗武は我に返ったように、

「いや、なんでもない」

笑みを引っ込めた。

「ともかく、その牛のような男、このままにしておいて良いはずはない」

光岡は南郷に視線を向けた。

「承知しております」

南郷の声にわずかに怒気が含まれた。それを敏感に察知した光岡は、

「そのほう、己が不手際を恥じるのが当然であろう」

厳しく叱咤を加えた。宗武は鷹揚な顔で、

「まあ、味方同士で争っておる場合ではない」

と、庇《かば》った。南郷は頭を下げ、

「わたしとて、このまま指をくわえておるわけではございません。ですが、その男、知恩院に籠ったままにございます。いかに、わたしとて知恩院に押し入るわけには」

苦渋の表情を浮かべた。

「男の動静は探っておるのだろうな」

光岡が聞いた。

「はい、伊賀者に探らせております」

「では、その牛を外におびき出す算段をすれば良いではないか」

宗武はこともなげに言った。

「そうじゃ、宰相さまの申される通りじゃ」

光岡の叱咤は激しさを帯びた。

「かしこまりました」

南郷は平伏し、その場から去ろうとした。すると、宗武は何か思いついたように顔を綻ばせ、

「南郷とやら、そのほうの腕が見たい」

南郷と光岡を交互に見た。

「それは、恐悦至極でございますが」

南郷も躊躇いがちに掃部を見やった。

「見せよ。噂に聞く薩摩示現流、いかなる剣か見てみたいのじゃ」

宗武は好奇心を押さえかねるようだ。内前も目を輝かせ、

「麿《まろ》も見たいものや。屋敷の警護をさせてるが、剣の腕はまだ見たことないよってになあ」

光岡は南郷を目で促した。

「承知つかまつりました」

南郷の声はどこか誇らしげだった。

「よし、庭にて」

宗武は腰を上げ、にじり口から庭に降り立った。木立の向こうに薩摩藩邸の森が望める。日が燦燦《さんさん》と降り注ぎ、地べたを白く焦がしていた。近衛も嬉々として近くにやって来た。

南郷は剣を抜いた。長寸の剣がきらりと輝く。南郷は示現流特有の構えをした。次

いで、

「きえ～い！」

周囲の空気を震わせるほどの大音声を発すると勢い鋭く大刀を振り下ろした。刀からびゅんと空気を切り裂く音と、一瞬の煌きが放たれた。宗武の目に益々好奇の色が浮かんだ。

「あれにある、木、切ってみよ」

宗武は無造作に言い放った。南郷はさすがに近衛邸の庭木を傷つけることには大きな躊躇いがある。内前はかまわないと言うように微笑んだ。

「さあ、やってみよ」

宗武に催促されて、

「かしこまりもした」

南郷は一礼すると、ぶなの木の前に立った。そして、精神統一をするように両目を瞑《つむ》った。大きく息を吸い、刀を構える。竹藪からししおどしの音がした。宗武も拳を握り息を止めた。やがて、

「ちぇすと！」

南郷は両目をかっと見開き、刀を振り下ろした。鋭い風音《かざおと》と共に地を揺るがす音が

響き渡る。ぶなの木は幹が斜めに切られ地に倒れた。

「いやあ、すごいな」

内前は両耳を塞ぎながら声を漏らした。宗武は息を吐き、

「見事じゃ」

満足げな笑みを漏らした。

「畏れ入ります」

南郷は片膝をついた。すると、小走りに近衛家の家人が近寄って来た。家人は南郷に一通の書付を手渡した。南郷は宗武と内前に頭を下げると、書付に視線を落とした。

そして、

「牛の弱み、見つけましてございます」

その顔は吉報とは思えない浮かないものだった。

第五章　神君御書付

一

花輪征一郎は上野仁大寺にやって来た。供も連れず、羽織、袴の略装でさながら参詣に訪れたようだ。爽やかな風が新緑の香りを運んでくる中、征一郎は本殿で手を合わせると境内を横切り、庫裏へと向かった。庫裏の玄関には寺社奉行船橋備前守久沖配下の役人たちが詰めていた。征一郎は大岡出雲守から命を受け法源の吟味にやって来たと、用件を告げるとすんなりと通された。

廊下を進み、奥の八帖間に法源は謹慎していた。部屋に面した廊下には役人が二人いかめしい顔で座っている。征一郎が用件を告げると目礼し無言で廊下の奥に去った。

「法源殿、失礼つかまつる」

征一郎は襖越しに声をかけた。

「どうぞ、入りなされ」

法源の声には張りがあり、声を聞くかぎりでは元気そうだ。征一郎は襖を開け、部屋の中に入った。真新しい畳の香りが漂う清潔な部屋である。法源は部屋の真ん中で正座をしていた。墨染めの衣を身にまとい、穏やかな表情だ。謹慎中ということで髭、毛髪を剃ることは許されず、顔全体を白い毛が覆っているせいで仙人のようである。

「公儀目付、花輪征一郎と申します」

征一郎は法源の前に正座すると丁寧に頭を下げた。法源は笑みをたたえながら、

「花輪殿と申されるか」

「はい、花輪征一郎でござります」

征一郎は法源の耳が遠いのかといぶかり、もう一度はっきりとした声音で繰り返した。すると、法源はしばらく視線を凝らしていたが、

「そつじながら、花輪征史郎殿はお身内ですかな」

法源の意外な問いかけに、征一郎はわずかに小首を傾げた。

「征史郎はわたくしの弟です。法源殿は征史郎をご存知でありますか」

「拙僧、餅が好物でしてな、好きが高じて今年の正月に行われた餅の大食い大会に出

場したのです。その折に征史郎殿と競い合いました」

法源は無邪気な笑い声を上げた。征一郎はぽかんとしたが、

「そうでしたか。まったく、ふできな弟で、困った奴です」

口に出してから、餅の大食い大会への出場をけなすようにも受け取られる発言と自分の軽率さを悔いた。法源は一向に気にする素振りも見せず、

「いいえ、征史郎殿はなかなかにしっかりとしておられる。それに、心やさしき御仁じゃ」

征一郎は高僧と評判の法源から弟を誉められたことで面《おも》はゆい思いに駆られたが、気を取り直し、居ずまいを正す。

「本日まいりましたのは、先日見つかりました呪いの藁人形の一件につきまして、法源殿を吟味するためです」

法源は軽く頭を下げると小さくうなずいた。征一郎は咳払いをして、

「では、役儀により言葉を改める」

と、太い声を出した。法源は両手を畳につき平伏すると静かに頭を上げた。

「法源、そのほう、寺社方の取調べによると、宋秀なる僧侶に命じ、畏れ多くも上さまを藁人形と呪詛文を以て調伏せんとした、ということであるが左様相違ないか」

征一郎の声は朗々たる響きを以て法源に突き刺さった。だが、法源の顔はいささかの動揺も見られない。

「まったくの事実無根にござります」

法源は征一郎をじっと見据えた。穏やかな表情の中にあって目だけは厳しさをたたえている。

「重ねて聞く、上さまを呪詛せんとしたこと、事実無根と申すのだな」

征一郎は法源の表情から真実を汲み取ろうと視線を凝らした。

「全くの事実無根です」

法源は気負うこともなく淡々とした口調で、少しの表情の変化もない。

「では、聞く。そのほうの書斎にて呪詛文が見つかったということであるが、それはいかなることであるか」

「拙僧を罪に陥れんとする者の企てと存じます」

「ほう、では、そのほうを罪に陥れんとする者とは誰であるか」

「それは、分かりませんな」

「分からんでは、疑いは晴れん」

征一郎は踏み込んだ。法源はここで初めて表情をほんのわずか崩した。目に迷いの色が浮かび泳いだのだ。

「心当たりがあるのではないか」

「それが……」

法源は口ごもった。

「さあ、申すがいい。そのほうが申したこと事実かどうかは当方にて調べる。今は、できるかぎりさまざまな事実が知りたい」

征一郎は法源が話しやすいよう口調を和《やわ》らげた。

「確証があるわけではござらん」

法源は前置きをして、苦悩するように眉を寄せた。征一郎は口を閉ざして待ち受ける。それからぽつりと、

「宋秀の仕業ではないかと」

「宋秀を疑うは当然と思う」

征一郎は法源が罪を問われたきっかけが宋秀の自白に負うということに、今回の一件の奇妙さがあると思っている。藁人形に太い針を刺した行為は宋秀が行ったことであり、法源から命じられたことも宋秀の自白頼りなのだ。呪詛文が法源の仕業でなく、宋秀の行為も宋秀個人の考えから発したとしたのなら、すべては宋秀の仕業と考える

のが自然ではないか。

征一郎は宋秀が単独で企てたことと思っている。では、何故宋秀は将軍を呪詛するなどという大それた所業に及んだのか。今回の吟味はそれを確かめたかったのだ。ところが、法源は宋秀の仕業と疑いながらもそのことを寺社方には口にしなかった。何故か。単に自分の寺に務める僧侶を庇《かば》っているということか。このことをはっきりさせないかぎり、法源の無実は晴らせない。

「わたしも宋秀の仕業と思います」

征一郎は吟味の口調から自然な口調に戻した。法源の目におやっという色が浮かんだ。

「ですが、法源殿、何故そのことを寺社方に申されなかったのです。聞けば、法源殿はご自分の仕業ではないと否認はされたが宋秀については一言も口になさらなかったとか……。宋秀を庇ってのことと存じますが、本日は是非ともそのあたりの事情をお聞かせいただきたい」

「それは……。宋秀があのような大それたことを単独でするとは思えないからなのです」

法源は苦渋に顔を歪ませた。

「ほう、それは、何故？」

征一郎は頬を緩め表情もやわらかくした。

「それは……」

法源は唇を嚙み締めた。

「宋秀は知恩院から先月、仁大寺に入ったとのことですね」

「さようです」

「すると、まだ、一月《ひとつき》あまり。法源殿が庇い立てするには、いささか短き間柄と存じますが」

「一緒に修行を積んだのは短き月日でありますが、知恩院にても熱心な修行を重ねておったとのこと。それに、知恩院におります日照と申す拙僧の弟子の推挙があって当寺にまいりました。間違いない男にございます」

「ほう、日照殿の推挙であるから、信頼を置いておられると」

「はい。拙僧が思いますに、何者かにそそのかされたのではないでしょうか。拙僧は宋秀を操る者がいるのではないかと考えております」

「宋秀の背後で操る者ですか……」

征一郎は法源の真剣な面持ちを眺めているうち、あながちありえないことではないと感じ始めた。

「宋秀の行いしことは罪深きことです。裁きを受けなければなりません。仏法に身を捧げた者のすることではない。しかし、自分の意志で行ったわけではないのです。ですから、せめて、宋秀を陰で操る者を明らかにしてくだされ」

法源はいつしか目に涙を滲ませた。征一郎はその涙にこそ、まだ語られない法源の真実があると思った。

「法源殿、包み隠さずお話しくださりませんか。宋秀とのご関係を」

法源はしばらくうつむいていたがやがて意を決したように、

「実は宋秀は拙僧の息子なのでござります」

明瞭な声音で返した。征一郎は予想していたが、直接本人の口から聞いてみると胸に深く突き刺さった。

「恥ずかしいかぎりですが、今から二十五年前、拙僧が知恩院におった頃、都の芸妓に産ませた子です。子が生まれると、芸妓がしばらく育てておりました。しかし、宋秀が三つの時、その芸妓が死んだことをきっかけに知恩院に入れ、僧侶としての道を歩ませたのです。拙僧はその直後、江戸にまいりました。それで、宋秀のことは日照に託したのです」

法源はうなだれた。

「そのこと、宋秀は存じているのですか」

征一郎はあくまで穏やかである。

「さあて」

法源は思案しているようだ。

「話をしていないのですか」

「はい、まだ本人とは話をしておりません」

「日照殿からは話をしていなかったのですかね」

「どうでしょうな。日照とはそのことは話しておりません」

法源も自分の口から宋秀に話すことには迷いがあったようだ。

「よく分かりました」

宋秀が我が息子となれば、庇う気持ちになるのは当然だ。征一郎は宋秀の吟味が必要と確信した。

二

征一郎は宋秀の吟味を行うべく江戸城西の丸下大名小路にある寺社奉行船橋備前守久沖の役宅を訪ねた。

宋秀は御殿の一室に作られた座敷牢に押し込められていた。さすがに拷問を受けた様子はないが、連日厳しい吟味が行われているのだろう。顔は黒ずんで目はうつろだ。征一郎の姿を見ても特別に関心を示すこともなく、無反応で座っている。

征一郎は宋秀を座敷牢から出し、六帖の控えの間に導いた。

「目付花輪征一郎である。寺社方とは別にそのほうの吟味を執り行う。左様心得よ」

宋秀は力なく両手をついた。

「では、聞く」

征一郎は声を励ましたが、宋秀はぼんやりとするばかりで何の反応も示さない。征一郎は大きく咳払いをした。

「そのほう、仁大寺において」

征一郎がここまで問いかけた時、やおら、

「わたくしでございます。わたくしが、藁人形に針を刺し、畏れ多くも公方さまを」

宋秀は興奮で顔を歪ませながらまくしたてた。目が血走り表情が一変している。憑《つ》き物でもついているようだ。

「分かった、落ち着け」

征一郎はなだめたが、宋秀の興奮はやまず、「わたくしがやりました」と呪文のように繰り返すのだった。征一郎はしばらく、その狂気じみた態度を眺めていた。よほど、寺社方の尋問が辛かったのか、それとも、何かに怯《おび》えているのか。

「よし、よし。そのほうがしたことに相違ない」

征一郎は宋秀を落ち着かせようとした。宋秀はようやく口を閉ざした。

「では、そのほうにそのような大それたことを命じた者は誰か？」

宋秀は再びうつろな目に戻って、

「法源さまです」

蚊の鳴くような声を出した。

「しかと相違ないか」

「はい、間違いございません」

「では、聞く。法源殿は何故、そのようなことを命じられたのだ」

「それは、聞いておりません。わたくしは、ただ、そうせよと命じられたのでございます」

「理由も分からず、そのような大それたことを、そのほう、しでかしたのか」

「はい。わたくしは、ただ命じられたのです。怖かったのですが、法源さまのご命令に逆らうわけにはまいりません」

宋秀は身を震わせた。この男は自分が法源の落とし胤《だね》であることを知っているのだろうか。この様子では知っているようには見えない。法源に罪を被せていることを少しの躊躇《ためら》いもなく申し立てているのだ。親子の間柄とは思えない。

いや、もしかして、恨みを抱いているとしたら。しかし、恨みを抱くようなことがあるのだろうか。法源によって仏門に入れられたことを恨んでいるのか。それとも、何者かによって法源を恨むようなことを吹き込まれたのであろうか。

「そのほう、法源殿をどう思う」

征一郎はわざと遠まわしに聞いてみた。

「どう、と申されましても。仁大寺の住職にして学識高い高僧にあられます」

宋秀は口の中でぼそぼそと語った。その表情からは親であるという意識は一切、感じられない。これは、ひょっとして知らないのか。

「話は変わるが、そのほうがこのような大それた企てをしたと聞けば、親はさぞや悲しむであろうな」

征一郎は鎌をかけてみた。即座に答えが返された。

「わたくしは、二親は幼くして亡くしております」

うそをついているように見えない。すると、日照からも法源のことは聞かされていなかったということか。

征一郎は尚も宋秀の動機を追及したがこれ以上の成果は得られなかった。


征一郎はその足で番町にある大岡忠光の屋敷を訪ねた。すぐに書院に通された。

「ご苦労であったな」

忠光はゆるりと座った。

「法源殿、宋秀の吟味をご報告申し上げます」

征一郎は簡潔に法源と宋秀の吟味内容について話した。

「二人の証言は大きく違っておったのでございます」

忠光は思案を巡らせるように腕組みをした。

「それで、そのほう、いかに思う」

「わたしは、法源殿の申されることが正しいと存じます。法源殿が上さまを呪い殺すなどという不遜なること命じるはずはございません。必ずや、宋秀の背後には宋秀を操る者がいると考えます」

「わしもそう思う」

忠光は短く答えた。征一郎は言葉が足りないと感じ、

「それにつきまして、意外な事実がございます」

と、法源から聞いた宋秀との親子関係を話した。忠光の眉がぴくりと動いた。

「ふ〜ん、そのようなことが」

「しかし、宋秀はそのことを知らない様子でした」

「宋秀のこと、さらなる取調べが必要かもしれん」

忠光は引き続きの吟味を命じた。それから、

「吟味に当たって、もっと材料が必要であろう。宋秀のことはわしから知恩院や所司代に問い合わせる」

征一郎を励ますように笑みを浮かべた。

「それは、ありがとう存じます」

征一郎は頭を下げ退出した。征一郎がいなくなったところで、忠光は、

「吉蔵」

大きな声で呼ばわった。吉蔵は半纏《はんてん》に股引という中間《ちゅうげん》の格好をして庭掃除をしていた。声をかけられ、縁側に上がり、控えた。

「かまわん、入れ」

忠光に言われ、吉蔵は頭を下げながら書院に入って来た。

「今、花輪が報告に来た」

「はい、書院に入って行かれたのを拝見しました」

吉蔵は笑みを漏らした。

「どうした、征史郎と比べたのか」

忠光も含み笑いを漏らした。

「で、花輪の吟味だが」

忠光は法源と宋秀の吟味内容を語った。

「なるほど、花輪さまが申されたように宋秀って坊主を陰で操っている者がいますね、これは」

吉蔵は顎を掻いた。

「わしもそう思う」

「大岡さまは、それが田安さま一派と睨んでおられるんですね」

「そんな気がする」

「とすれば、どんな狙いがあるのでしょうね。法源さまや仁大寺を破局に追い込んで何か得《とく》なことがあるのでしょうか」

「今はまだ分からんが、必ずやなんらかの理由があるに違いない。それを、調べねばならぬな」

忠光は厳しい顔をした。

「それにしても、田安卿、今度はどんな企みを抱いておられるのやら。江戸におられぬとなると一層不気味に感ずる」

「都といえば、こって牛の若、大丈夫でしょうかね」

「なんだ、やはり、おまえも一緒に行きたかったのか」

忠光はおかしそうに肩を揺すった。

「まあ、わたしがご一緒したとしましても京の都じゃなんのお役にも立てないでしょうから、行ってもしょうがないんですがね」

吉蔵は首をすくめた。

「まあ、征史郎のことだ。都でものびのびやっておることだろう。都でも大食い大会に出場しておるのではないか」

忠光は珍しく軽口を言った。

「違いありませんね。今頃、都の衆も若の大食いぶりに目を丸くしているでしょうよ」

「ともかく、松平豊後殿のこと、田安卿の動きをしっかりと探ってくれることを願うばかりじゃ」

忠光は縁側に出て沈む夕陽を見ながら、

「征史郎、頼むぞ」

西の空に向かって声を放った。

三

すると、家人が小走りに忠光の側まで来て片膝をついた。

「申し上げます」

「なんじゃ」

忠光は家人のあわてた表情に不安を抱いたが、顔に出すことなく応じた。

「寺社御奉行、船橋備前守さまが火急の用件でお目にかかりたいと」

「船橋殿が」

船橋の用件とは、寺社方とは別に征一郎をして仁大寺の吟味に当たらせたことに対する異議申し立てであろう。船橋来訪の用件は見当がついたが、断るわけにはいかない。おろおろとする家人に向かって、

「お通しせよ」

静かに返事を返し、書院に入った。吉蔵は首をすくめながら書院を出た。

「では、わたしはこれで」

「ちょっと、待て」

「はい」

怪訝な顔をする吉蔵に、

「船橋殿の話が終わるまで、待っておれ」

忠光は庭に視線を移した。吉蔵は頭を下げると、庭に降り立ち箒を手にした。やがて、縁側を踏みしめる足音が近づいた。船橋は城から下がった足でやって来たと見え、継裃《つぎかみしも》に身を包んでいる。

「突然の訪問、申し訳ござらん」

船橋は慇懃《いんぎん》に頭を下げた。

「火急の用向きとは何ごとでござろうか」

忠光はおっとりとした口調で応じた。次いで、「まあ、お入りくだされ」と船橋を書院に導き、床の間を背負わせた。船橋は恐縮の体《てい》を表しながらも満足そうな顔で忠光の上座に座った。忠光は話を促すように、船橋の顔に目をやった。

「本日まいりましたのは、仁大寺の一件でござります」

「ほう、いかがされた」

忠光は意外とでも言うように目を大きく開いて見せた。

「出雲殿は目付の花輪を差し遣わされたとのことでござるが」

船橋は責めるように口を曲げた。

「船橋殿には不服と申されるか。評定所にて法源殿の吟味を行わせると上さまに言上いたし、御了承を受け、その旨お報せいたしたはずですが」

忠光は表情を消した。

「ですが、まだ御老中方の了承はいただいておりません」

「では、勇み足と申されるか」

「政は表向きの役目。表をきちんと通されるのが筋と存ずる」

要するに、奥向きの役務である御側御用取次の忠光が出過ぎた真似をするのは差配違いだと言いたいのであろう。

「なるほど、船橋殿の言い分はまことにごもっとも。しかしながら、御老中方への根回しは評定所の責任者たる寺社奉行の役目でござる。それを怠ったのは、船橋殿ではござらんか」

忠光は語尾を強めた。

「怠ったわけではござらん。わたしが根回しを終える前に出雲殿が花輪を差し遣わされてしまったのでござる」

忠光は船橋の言いがかりに怒りがこみ上げたがぐっと飲み込み、

「では、本日、わが屋敷に突然、なんの前ぶれもなくお越しになられたのは筋を通した振る舞いと申せましょうかな」

皮肉っぽく口の端を歪めた。船橋は口元に笑みを浮かべ、

「これは、もっとも。どうも失礼申し上げた」

意外なほどにあっさりと主張を引っ込めた。忠光は船橋の企みが読めないため、警戒心を解くことなく軽くうなずいた。すると、船橋は満面に笑みを広げ、

「実は、本日まかり越したのは別件がござるのです」

上目遣いに見てきた。忠光は警戒心を呼び起こした。

「ほう、さようでござるか」

わざと船橋の視線を外した。

「薩摩藩から申し出がございました、屋敷地の一件でござる」

船橋の問いかけは忠光の予想外であった。

「はて、どのようなことでありましたかな」

忠光は記憶の糸を手繰《たぐ》るように天井を見上げた。

「薩摩藩が江戸府内に屋敷地を求めておる一件でござる」

船橋に言われ、

「ああ、確か、春頃でござったな、芝の高輪《たかなわ》の町地を白金村にある薩摩藩の抱《かかえ》屋敷地と交換して欲しいとの要望でござった」

薩摩藩は高輪中町にある下屋敷に隣接する町人地二千坪を白金村にある抱屋敷地と交換して欲しいと要望していた。下屋敷内に薩摩芋栽培のための畑を増やしたいというのがその理由だった。

「いかにも」

船橋は微笑んだ。

「だが、それは確か、評定所で却下になったはずでは」

薩摩藩の要望は評定所で諮《はか》られた。ところが、町奉行から白金村への移転は高輪の町地に住む町人達にとってはなはだ不利益となることを理由に反対意見が述べられた。薩摩藩からは移転費用を上乗せすると再度願い出されたが、望みは叶えられなかった。

「いかにも、却下になったのでござる。ですので、その話は立ち消えとなり申した。ところが、このたび仁大寺にて大事が出来《しゅったい》しました。そこで、品川にある仁大寺の土地三千坪を薩摩藩が求めてきたのでござる」

「品川の土地を」

忠光は言葉をなぞった。不穏なものを感じる。

「このことは、尾張中納言さまも後押ししておられます」

尾張中納言とは御三家筆頭徳川宗勝《むねかつ》である。薩摩藩の現藩主の重年《しげとし》の兄で先代藩主だった宗信《むねのぶ》は宗勝の娘を正室に迎えていた。その関係から、尾張家とは親交が続いている。そう考えれば、薩摩藩が望むことを宗勝が後押ししても不思議ではない。

「寺社地を管轄する寺社奉行たるわたしに薩摩藩から正式な申し出がござった」

「ほう、すると、薩摩藩は仁大寺の一件を知っておるということでござるか。まだ、御公儀からは正式な発表はないはず。なにせまだ、裁許が下されておらぬのですからな」

忠光は薄く笑った。

「ですが、人の噂に戸は立てられないもの。今や、城中ではこの噂で持ちきりです。近々に江戸の町にも瓦版などで広まることでしょうな」

船橋は忠光を嘲笑《あざわら》うように肩を揺すった。忠光は顔をしかめ、

「由々《ゆゆ》しきことですな」

諫《いさ》めるように咳払いをしたが船橋は一向に動ずることもなく、

「かと申して、尾張中納言さまが薩摩藩を後押しされている以上、むげにもできませぬ。それどころか、薩摩藩は御公儀に対して一万両の金を納めると申しておるのです」

「ほう、一万両」

忠光はため息をつかざるをえない。さすがは、加賀百万石に次ぐ日本第二の大藩である。

「仁大寺の所有地を一万両で買い取り、薩摩藩は一体何をしようと……。そうでしたな、薩摩芋の耕作をやるということですか」

「そうです」

船橋は小さくうなずいた。

「それで、わたしに何をせよと」

忠光は船橋の意図を汲み取ろうと視線を凝らした。

「寺社奉行としましては、了承するつもりでござる。近々のうちに評定所にて決し、御老中に上申いたす。その後、上さまへ上奏したいと存じます。その際、出雲殿にあっては、どうか反対なさらないでいただきたい」

船橋は早口にまくしたてた。

つまり、来訪目的は忠光に釘を刺すこと、よく言えば根回しということか。仁大寺の一件では、家重の御前で忠光の反対に遭った。そこで、前もって忠光への根回しを行い、すんなりと家重の裁許を得ようというのだろう。外様の雄藩薩摩藩と背後に控える尾張徳川家の望みをてきぱきと処置し、恩を売ることで老中への道を確かなものにしたいに違いない。

「お話は分かりました」

「では、承知くださるか」

船橋は身を乗り出した。忠光は首を横に振り、

「それは、法源殿や仁大寺の一件の裁許が下りてからでござる」

船橋はむっとしたが、必死で怒りを飲み込み、

「お言葉でござるが、法源が無実であるとの確たる証がないかぎり、仁大寺破却は免れぬと存ずるが」

搾り出すように言った。

「では、仁大寺の土地の一件は破却と裁許が下りてからでよいでしょう」

忠光はいなした。船橋は袴を拳で握り締め、

「分かり申した。突然の来訪、失礼いたしした」

吐き捨てるように言うと、足早に立ち去った。

四

船橋の姿が見えなくなったことを確認し、忠光は縁側に立った。すぐに、吉蔵が箒を持って近寄って来た。

「船橋殿が」

忠光は船橋が申し入れてきた薩摩藩による仁大寺の品川の所有地買取りの一件を持ち出した。

「なんだか、手回しが良すぎますね」

吉蔵がいぶかしむと、

「その通りだ。ぷんぷんと臭う」

忠光は苦笑を浮かべた。

「探りを入れます」

「待て、花輪に書状を書く、届けよ」

忠光は吉蔵を待たせ、書院に戻った。しばらくしてから、縁側に出て、

「これを、花輪屋敷に届けよ。法源殿に薩摩藩から所有地買収の話が出ておることを確かめてみよ、としたためた」

「分かりました」

吉蔵は書状を懐に入れ、立ち去った。


その一時《いっとき》後、征一郎は仁大寺にやって来た。夕闇が濃くなり、茜色の空に黒ずんだ雲が浮かんでいる。欠けた月が薄く浮かび、宵の明星もまたたき始めた。征一郎は法源が蟄居する座敷に通された。

「失礼つかまつる」

征一郎が入って行くと、行灯《あんどん》の灯火に法源の顔が浮かんでいた。さすがに終日正座をしていると疲労が出たのか、肌の艶が失せ、ひからびた顔は黄ばんでいた。

「花輪殿か」

法源は目元を緩めた。征一郎に親しみを覚えたようだ。

「またしてもの訪問、恐縮です」

征一郎は静かに法源の前に座った。

「今回は何用でござる。拙僧のお裁きが決まったのですかな」

法源は目をしばたたいた。

「いえ、裁許は今しばらく時を要するものと存じます。慎重にも慎重に対処しませんと」

征一郎は法源を安心させようと噛んで含めたような言い方をした。

「本日、まいりましたのは、仁大寺が品川に所有されておられる土地についてでござります」

征一郎の言葉に法源は敏感に反応した。大きく目を剝き、身構えるように両の拳を握り締めたのだ。

「あの土地がいかがしたのですかな」

法源の目には敵意のようなものが宿った。征一郎は、これは、何かあるに違いないと確信したが、法源に敵意を抱かせないよう慎重に口を開いた。

「さる大名家が寺社奉行船橋備前守さまに買い取りを申し出られたのです」

法源は拳を一層強く握り締めた。身体が震えている。温厚な法源にはおよそ似つかわしくない所作だ。

「その大名家とは薩摩藩島津家ですな」

法源は怒りで声を震わせた。

「ご存知でござりましたか」

征一郎は隠し立てする必要がないと思い肯定した。法源は気持ちを落ち着けるように大きく肩で息をした。

「実は、先月の初めのことでござった。薩摩藩の用人が当寺を訪ねてまいったのです」

その用人は品川の所有地を是非、買い取りたいと申し出てきたという。所有地は取り立てて何の利用もなく火除け地になっているという。その土地に、薩摩藩は値は法源の言い値、それとは別に千両の寄進をすると条件を出してきたという。

「それはまた、法外な。さすが、外様《とざま》の雄藩でござりますな」

征一郎は驚きを禁じえない。

「しかし、拙僧はきっぱりと断りました」

法源は首を横に振った。

「で、その話は立ち消えになったのですか」

「それが、それからも薩摩は諦めることなく、連日のように押しかけ、そのたびに土産物と称して、いくばくかの賂《まいない》を持ってくるありさまでした」

法源はその時のことが思い出されたのか不快感で顔を歪めた。

「そこまでして、薩摩が品川の土地に拘《こだわ》るのはいかなる理由でしょう」

征一郎は当然の疑念を口にした。

「拙僧には、大量の薩摩芋を耕作したいのだと申しておりました。江戸詰の藩士たちや場合によっては江戸で売りさばいて藩に利をもたらしたいと」

法源は皮肉に唇を曲げた。

「薩摩芋を……」

征一郎は小首を傾げた。薩摩芋を栽培するために、わざわざ用地を買収するものだろうか。大量に栽培し、藩士の食料や利を得るために売りさばく、もっともな言い分であるが、何も法外な金を出してまで行うべきことではない。

「拙僧もたまりかねましてな、寺社方へ訴えると追い返したのです」

法源は薩摩藩による賄賂を公にすると言って追い返したという。

「それからは、薩摩藩の方からは」

「さすがに、何も言ってこなくなりました」

法源はいつもの温和な顔に戻った。征一郎は、薩摩藩の拘《こだわ》りも気になったが、反面断固として手放そうとしない法源のことにも疑念を抱いた。土地は火除け地としてしか利用されていないのだ。思うに、ただの野原だろう。

「よろしかったらお聞かせください。何故それほどまでに薩摩の申し出をお断りになられたのですか」

法源は答えることに躊躇いの表情を浮かべたが、

「花輪殿になら、申しておこう。いや、そうではないな。拙僧がお裁きでどうなろうとかまわぬが、万が一にも仁大寺が破却などということにでもなったら大変だ。拙僧の身に代えても仁大寺とあの土地は守らねばならぬ」

ぶつぶつと口の中で言葉を繰り返してから、征一郎に真摯な目を向けてきた。征一郎は思わず背筋を伸ばした。

「品川の用地は神君家康公より賜ったものにござります」

法源の一言は事の重要性を抱かせるには十分すぎた。征一郎が黙って次の言葉を待っていると、

「東照大権現さまは海から攻めて来る敵から江戸を守ることをお考えになったのです。当時、南蛮の国々が交易やバテレン教の布教を求めて江戸にやって来ました。万が一、南蛮の国々と戦になった場合のことを考え、あの土地をいざという時に、防備に利用できるよう仁大寺に下賜されたのです。これは、仁大寺の住職のみに語り継がれた秘中の秘です」

法源はさも秘密めいたことを語るように声を潜めた。しばらく、征一郎は言葉を返せなかった。

「なんと」

やっとのことで征一郎は言葉を吐き出した。

「して、歴代の将軍家はこのことを」

征一郎はおずおずと聞いた。

「四代家綱《いえつな》公まではご存知のことでした。ですが、太平の世となり、いつしかそのようなことは仁大寺にのみ語り継がれるようになったと聞いております。将軍家へは、いざという時になれば権現さまの御書付をお示しし、防備を調《ととの》えていただくような手

はずでござります」

「なるほど、すると、その神君御書付があると、申されるか」

「ございます」

法源はきっぱりと返した。

「では、その御書付……」

書付を見せて欲しいと言ったところで、

「控えられよ」

法源は厳しい声を発した。征一郎は身をすくめた。

「畏れ多くも東照大権現さまの御書付、将軍家に直接お目にかけるもの、それを戦が起きてもいないのに、拙僧の一存で軽々しく披露できるはずがなかろう」

法源の言葉には威厳が感じられた。

「申し訳ございませぬ」

征一郎は両手をついた。

「このような事情ゆえ、あの土地は絶対に譲れぬ。お分かりいただけたかな」

法源は温厚な顔に戻った。

第六章　激　闘

一

都の近衛屋敷では、

「いかがした」

光岡から聞かれ南郷は宗武と内前を憚《はばか》ってか口ごもった。

「かまわん、申せ」

宗武は促した。

「実は、その牛の弱みが知れましてございもす」

南郷は宗武の前で片膝をついた。宗武は無表情でいたが、

「申してみよ」

「伊賀者に張り込ませていたのですが、一人の女の存在が浮上したとのことです」

「何者じゃ」

「舞妓と」

「舞妓なあ」

「その舞妓を使って牛めをおびき出すのじゃ」

光岡が命じた。南郷はわずかに顔をしかめた。

「どうしたのじゃ」

光岡が問い詰めると、

「女を餌に使うなど、気が進みませぬ。どうも、伊賀者という連中は……」

南郷は口ごもった。宗武は鼻で笑い、

「なんでもいい。さっさと、片付けよ」

「はは」

南郷と光岡は深々と頭を下げた。

「余はそろそろ、江戸へ戻る」

宗武は東の空を見上げた。

「江戸に戻りはった頃には万事がうまく運んでおりますやろ」

内前が言った。

「おかげさまをもちまして」

宗武は京での滞在に満足した。自分を推す公家勢力を確立し、薩摩とも手を組むことができた。これで、体制は磐石《ばんじゃく》だ。


一方、征史郎は弥助と共に祇園の茶屋望月を訪れた。まだ、朝のうちとあって店は開いていない。小路には打ち水がしてあり、石畳を白く輝かせている。征史郎は遠慮がちに格子戸を開けた。

すぐに女将が出て来て、

「これは、花輪はん」

驚きの愛想のいい笑顔を向けてきた。征史郎は、

「よく覚えておったな」

感心したように言うと、

「それは、もう。うちらはお客さんの顔を覚えるのが商売ですよってに、それに、花輪はんは一度見たら忘れられまへん」

女将は口を手で隠しながら含み笑いを漏らした。征史郎は誉め言葉と受け取り、照

れるように頭を掻いてから、

「今日、まいったのは風呂を見せて欲しくてな」

女将は戸惑いの目で奥を見やった。

「お風呂どすか」

「頼む」

「今から、お入りにならはるんどすか。ほんなら、大急ぎで焚《た》かせますけど」

「いや、入りはしない。中を見るだけだ」

征史郎がかぶりを振ると、

「なんやら、よう分かりまへんが」

女将は小首を傾げながらも征史郎と弥助を奥に導いた。二人は女将について狭い廊下を辿り裏庭に出た。次いで縁側を進んで突き当たりに至った。

「ここどす」

女将は征史郎と弥助を振り向いた。

「すまぬな」

征史郎は女将について風呂に入った。桧の香りがほんのりと漂い、木の木目《もくめ》が目に鮮やかだ。四帖半ほどの脱衣場には乱れ籠《かご》があるだけである。脱衣所を横切り、風呂を覗いた。湯船と板敷きで四帖半ほどの広さだ。当然ながら湯は張っていない。風呂桶はぽっかりとした空間になっていた。

一見して何の変哲もない風呂である。

「ここに豊後さまは入られたのだな」

「そうどす」

女将が答えた。

「おまえが、不審と思うのはどういう点なんだ」

征史郎は弥助に聞いた。

「宴席での動きなんですよ」

弥助は語った。

公家達は座敷に資訓を残し、先に風呂に入った。酔いが回った資訓をしばらく座敷に寝かしておいた。それから、自分達がまず風呂に入りさっさとすませ、資訓を迎えに戻り、

「所司代さんを担ぐようにお風呂に連れて行かれたんどす」

弥助に目を向けられ女将は答えた。

「ほんで、しばらくして、お公家さんが、ぬるいやないか、もっと炊けと言わはっ

て」

「風呂がぬるいと……」

征史郎は思案を巡らすように視線を泳がせた。

「なんだか、妙なもんですわ」

弥助もさかんに首をひねる。女将は、

「あの、なんか、おかしなこと、あるんどすか」

自分が悪いことでもしたように身を小さくした。

「いや、女将を責めておるわけではない。気にするな」

征史郎は気にするなと言ったが女将にすれば、素直に引っ込められないような警戒の色を浮かべている。

「つまり、こういうことだな。先月の二十四日、松平豊後守さまは公家達と竹内式部と一緒に会席をした。宴席の途中、竹内は退席した。公家達と豊後さまはそれからしばらく酒を酌み交わされた。良い気分になり、公家達は資訓に風呂をすすめた。ところが、豊後さまは酩酊しておられた。そこで、しばらく、座敷で寝かしつけられてから風呂に入った。ところが、公家達は湯がぬるいと追い焚きを命じた。それから、公家達は女将に豊後さまを託し、帰って行った」

征史郎は確認を求めると、

「その通りどす」

女将はこくりと首を縦に振った。

「そうか……」

征史郎はうなずくと、弥助を伴い茶屋を出た。

征史郎と弥助は知恩院の草庵に戻り、日照と協議を行った。

「公家達の動き、怪しげですな」

征史郎が言うと、

「こら、ひょっとして」

日照ははたと膝を打った。

「どうされました」

征史郎が聞いた。

「公家ども、豊後殿が心の臓がお悪いことを利用して、水風呂に入れたんや」

日照は歯噛みした。

「水風呂でっか」

弥助は目を大きく見開いた。

「なるほど、水風呂か。自分達がまず入ると言って風呂場に行った。それで、湯を抜いた。で、湯船に水を張って豊後殿を入れた。豊後殿は、泥酔しておられたうえに、急な冷水に浸され心の臓が止まってしまった」

征史郎が言うと、日照は怒りで頬を膨らませた。

「恐ろしいこと考えるもんや。それでも、公家かいな」

弥助は吐き捨てた。

「あの三人の公家どもなら、それくらいやるだろうよ。なにせ、呪いの藁人形を作って呪詛をやらかしていたんだからな」

「こら、訴えなあきまへんな」

弥助は言ったが、

「訴えても、証《あかし》がない。なにせ、もう検死は終わって、病死になってしまってるからな」

日照は悔しげに顔を歪ませた。

「ほんなら、野放しにしはるんですか」

「野放しにはせん」

日照は言ってか しばらく考えると草庵を出た。

二

ると、それと入れ替わるように一通の書状が届いた。征史郎は手に取って目を通した。一瞬にして征史郎の表情が変わった。

「なんだと」

次いで、怒りの拳を震わせる。文には綾乃を預かったとある。返して欲しければ、六つ（午後六時）に三十三間堂までやって来いと言ってきた。

「三十三間堂ってどこだ」

征史郎の突然の狼狽ぶりに弥助は、

「どないしました」

なだめるように聞き返した。

「これだ」

征史郎は書付を見せた。弥助は一瞥し、

「わてが案内しますよ」

快く応じたものの心配そうな顔に変わりはない。

「いや、おれ一人で行く」

征史郎はやんわりと断った。

「いや、行きますよ」

弥助は引き下がらない。

「これは、おれの問題だ。他人を巻き込むことはできん」

「いや、わても行きますよってに」

弥助は頑として譲らない。

「なんだ、そんなむきになって」

征史郎は怪訝な表情になった。

「いえ、なんでも」

弥助は目を伏せた。征史郎は弥助の秘密めいた態度が気になってどうしようもない。

話してくれ。そうしないと、たとえ、おまえがついて来たとしてもおれの方で気に

[illegible]ょうがない」

[illegible]伊賀[illegible]く考え込んでいたが、

[illegible]遺恨がおます」

おもむろに語りだした。

それによると、弥助はもともと伊賀で百姓をして女房と子供一人と暮らしていた。ところが、ある日、村祭りのことだった。

「酔った若い連中が家に来ましたのや。初めのうちは飲んで騒いでおったただけでおましたが、酔いが回るにつれ女房に酌をさせ、よってたかって乱暴を始め……。挙句に女房と息子は殺されました」

そのうちの一人が庄屋の息子だったという。弥助は金ですませようとする庄屋に腹が立ち、庄屋の家に火をつけ、そのまま逐電して来たという。

「そのまま、京にやって来まして知恩院さんの境内で倒れたのです。それを日照はんに拾われまして」

弥助は声を詰まらせた。征史郎はしばらく黙っていたが、

「辛かったろうな」

としか、慰めの言葉を返せなかった。

「すんまへん、なんや、しめっぽうなってしまって」

弥助は笑顔を作った。

「おまえも忍びだったのか。忍びの心得があるのだな」

「少々ですけど」

弥助は力なくうなずいた。

「しかし、だからと言って伊賀者全部を恨むのは筋違いではないか」

征史郎は弥助の心中を思ったが、そう聞かずにはおられなかった。

「そうです。ですが、先日、見かけたのでございます」

「見かけただと」

「近衛はんの御屋敷を見張っておりました時に。時次郎《ときじろう》の奴を見かけたのです。ああ、時次郎というのは、庄屋の息子です」

弥助はうなだれた。

征史郎は近衛屋敷を探索してからの弥助が尋常ならざる目つきをするようになったことを思い出した。

「そうか、仇討ちってことだな」

「ですから、花輪はん、どうか、この通りでおます」

弥助は縁側から庭に飛び出すと両手をついた。

「おい、やめろよ。話は分かったよ。一緒に行こう」

征史郎が言うと、

「すんまへん」

弥助は笑顔を見せた。

「ならば、暮れ六つまで身体を休めておけ」

征史郎が言った時、庭に足音がしてすぐに、

「花輪はん、えらいこっちゃ」

日照が息も絶え絶えにやって来た。

「どうしたのです」

征史郎ならずとも日照のその落ち着きのない顔を見れば、大事が起きたに違いないと分かる。弥助は日照の背中をさすった。征史郎は土間に下り茶碗に水を汲んだ。次いで、

「まずは、これを」

征史郎は日照を抱きかかえ茶碗を手に取らせた。日照は夢中で飲み干した。

「いやあ、すんまへんな」

日照はようやくのことで人心地すると顔を上げた。

「いかが、されたのです」

征史郎は日照が落ち着くのを見てゆっくりと語りかけた。

「実は、江戸の大岡忠光さまから火急の報せが届いたのです」

日照は懐中から一通の書状を取り出した。征史郎が目を通している間にも、日照は唇を震わせている。

「これは、一大事ですな」

さすがに征史郎も目を大きく見開いた。忠光の書状は仁大寺での呪いの藁人形の一件を告げていた。法源の指図で弟子の宋秀が家重を呪う藁人形を樫の木に太い針で刺したという。この罪を問われ、法源と宋秀は寺社方に捕らえられた。宋秀は法源の命令で行ったと自白した。

このままでは、法源は罰せられ仁大寺は破却されるという。

「なんということでございましょう」

日照はおろおろとするばかりだ。

「呪いの藁人形。ひょっとして毛念寺と関わりがあるのか」

征史郎はつぶやいた。

「きっと、そうですわ」

弥助は賛同した。

「すると、宋秀という僧侶、毛念寺と関わりがあるのですか」

征史郎が聞いた。

「いや、宋秀は知恩院にて修行した身、しかも、法源はんの」

日照はここで言葉をつぐんだ。つぐんだが、忠光の書状には法源の息子と記され、その事実を宋秀は知っていたかと問い合わせてきている。

「あの、法源殿の」

征史郎は餅の大食い大会での法源の奮闘ぶりを思い出し、笑みを浮かべそうになったが、さすがにこの場には似つかわしくないと押し黙った。

「宋秀は確かに、法源さんの落とし胤、法源さんのお血を引いているだけあって非常に真面目な男や。とても、呪いなどという邪《よこしま》な振る舞いをすることは考えられまへん」

日照はしんみりとなった。

「ところが、藁人形で上さまを呪うなどという大それた真似をしでかした。一体、どういう心の変化なのでしょう」

征史郎は腕組みをした。

「それや。さっぱり分からん」

日照はそれが分からないだけに不安を募らせているのだ。

「誰ぞにそそのかされたか。まさか、田安卿の一派ということか」

征史郎は頭を整理するように言った。

「そうやとしても、その罪を法源はんになすりつけているというのが、どうも分かりまへん」

日照は落ち着いたものの、それだけにかえって疑念が深まったようだ。

「ひょっとして、宋秀は法源殿を恨んでいたのでは」

「いえ、そんなことは」

日照は大きくかぶりを振った。

「どうして、そのようなことが言えるのです」

「拙僧は、宋秀が江戸に旅立つ日、法源はんのことを話したのや。法源はんとの親子関係についてな」

宋秀は驚いたものの、孤児の自分を仏門に入れ、学問を身につけさせてもらった法源への感謝の気持ち並べ立てたという。

「それで、宋秀は江戸で法源はん、つまり父親に会うことを楽しみに旅立ったのや」

日照はその時のことが思い出されるのか、目に薄っすらと涙を滲ませた。

「そういうことですか」

征史郎はうなずいた。

「ともかく、急いで、出雲さまに返書をしたためんとな」

日照は言った。すると、

「日照殿、その返書に是非記して欲しいことがあります」

征史郎は身を乗り出した。

三

「なんや」

日照は征史郎の巨軀に期待の籠った目を向けた。

「毛念寺の呪い人形をわたしが奪い取ってまいります。それを江戸に送るので、それまで、法源殿と宋秀の裁許を待っていただくように、と。つまり、宋秀が行った呪いの藁人形と呪詛文が毛念寺のものであると明らかにします」

征史郎は期待に応えるように胸を反らした。

「それは、ええんやが、また毛念寺に行きはるんですか」

「そうです」

「血を見まっせ」

日照は恐怖に身をすくませた。

「それは、覚悟のうえです」

征史郎は目に決意をみなぎらせた。

「それは、頼もしいのやけど、毛念寺も警戒厳重やで」

「それも、承知のうえです」

征史郎は新しく拵《こしら》えた刀を手に取った。日照も頼もしげに見上げる。

「しかし、何故仁大寺を田安卿や薩摩が狙っておられるのでしょう」

征史郎はそのことが気になる。

「さあて、一体どんな利がありますのやろな」

日照も当惑顔である。

「わたしは毛念寺に行って探ってきます。それに、毛念寺の秘密が暴かれれば、豊後さまを死に追いやった公家どもも罪は免れんでしょう」

「そうや。そういうことや。ほんなら、花輪はん、よろしゅう頼むわ。毛念寺と公家どもを退治してや」

日照は征史郎に話すと多少は肩の荷が下りたのか草庵を出る頃にはずいぶんと落ち

着きを取り戻した。

「さて、毛念寺の前に三十三間堂だな」

征史郎は弥助に視線を向けた。

弥助の目にも決意の炎が立ち上っていた。


征史郎と弥助は三十三間堂にやって来た。

三十三間堂は長寛二年（一一六四年）に後白河上皇の勅許で平清盛《たいらのきよもり》が建立した。正式名称は蓮華王院という。内陣の柱間が三十三あることから三十三間堂と呼ばれている。

既に、夕闇が降りている。本堂は西陽を浴び、荘厳なたたずまいを示していた。

「わては、どこかで潜んでおりますわ」

弥助は耳元で囁くと暗がりに消えた。征史郎は境内の真ん中に立ち、本堂を見た。軒下に広がる長大な濡れ縁が茜に染まっている。広大な屋根瓦に烏がとまり、やかましい鳴き声を放っていた。

「すげえなあ」

征史郎は無邪気につぶやき濡れ縁を眺めた。そこは、通し矢が行われることで有名だ。通し矢は濡れ縁の南端から北端までを射通す競技である。的めがけて矢を射るのだが、その的中数を競う。記録は貞享三年（一六八六年）紀州藩の和佐大八郎《わさだいはちろう》が一万三千五十八本射って八千百三十三本を的中させた。高度な技術はもちろん、強靭な体力と精神力が求められる過酷な武芸だ。

征史郎は静かに敵が現れるのを待ち受けた。弥助はいずこかで、見張ってくれているに違いない。

やがて、ざわざわとした足音がし、本堂の観音扉が開いた。

「来たな、花輪征史郎」

南郷である。背後に伊賀者が十人、その真ん中に猿轡《さるぐつわ》をかまされた綾乃がいた。

綾乃は征史郎の姿を見つけると身をよじらせた。

「若い娘を盾にするとは、薩摩示現流も落ちたもんだな」

征史郎の声が境内にこだました。

「おまえをおびき寄せるためにやむをえずしたことだ。娘には危害は加えておらん」

「よし、相手になってやる。その前に娘を解き放て」

征史郎は綾乃を指差した。

「おお、勝負となったら、関係ない」

南郷は伊賀者に命じて綾乃の縄を解かせた。綾乃は怯えの表情を浮かべたまま、濡れ縁を下り、征史郎に駆け寄って来た。

「おれのためにすまなかった」

征史郎が言うと、

「いいえ、きっと、助けに来てくれはると思ってました」

綾乃の顔から笑みがこぼれた。その笑みは征史郎に百万人分の力を与えた。征史郎は綾乃に避難するよう言い、

「さあ、やるか」

腰の大刀を抜いた。刃渡り三尺の伝説の刀が夕陽を受け無言の威圧を周囲に放った。

「よし」

南郷も濡れ縁を下り腰の大刀を抜き放った。二人は五間の間合いを取った。南郷は示現流の構え、征史郎は八双に構えた。じりじりとすり足でお互い牽制し合いながら間合いを詰める。

征史郎の両手に知恩院で南郷の初太刀を受け止めた時の感触が甦った。

(初太刀は外す)

征史郎は自分に言い聞かせた。

南郷は獲物に襲いかかる虎のようなぎらぎらとした目で征史郎を射すくめた。伊賀者は濡れ縁で微動だにせず勝負の行方を追っていたが、二、三人征史郎に向かって手裏剣を投げてきた。征史郎はなんなく払い落としたが、

「こら、手出しするなと言ったはずじゃなかか!」

南郷の怒声に動きを止めた。

すると、南郷は大股で征史郎に迫った。

「きえい!」

すさまじい気合と共に刃《やいば》が振り下ろされる。その直前、征史郎は背後に飛び退いていた。すると、南郷は征史郎の動きを予期していたのか瞬時にして刃を返し、今度は下段から擦り上げてきた。

征史郎は南郷の刃を受け止めた。鋭い金属音が鳴る。征史郎は正眼に構え直した。南郷も構え直す。

「とおりゃあ!」

今度は征史郎が大音声を張り上げた。征史郎の刀は横一閃され、南郷の胴に吸い込まれた。が、南郷の刃に阻まれる。

二人はそれから刀を重ね、鍔迫り合いを始めた。

「でや！」

征史郎は力を込めた。南郷は体勢を整えようと後方に飛んだ。二人の間に三間の間合いができた。すると、濡れ縁からまたしても手裏剣が飛んでくる。すかさず、征史郎は刀で払う。

南郷は怒りの目を伊賀者に向けたが、伊賀者はかまわず殺到して来た。征史郎は伊賀者に立ち向かった。伊賀者は長脇差を逆手に持ち、次々と刃を放ってくる。征史郎は鬼斬り静麻呂で払いながら伊賀者の籠手を狙った。

伊賀者は親指を切られ戦闘能力を失った者が五人、境内に昏倒した。残る五人は濡れ縁に上がった。征史郎も濡れ縁に飛び移る。

濡れ縁が激しく軋んだ。

伊賀者は濡れ縁の上では二人でしか征史郎に立ち向かうことができない。濡れ縁の幅からそうせざるをえないのだ。征史郎は正面から来る二人に次々と刀を振るった。濡れ縁に親指を落とされた伊賀者がのたくった。

すると、

「きゃあ！」

綾乃の悲鳴が聞こえた。夕闇に視線を走らせると伊賀者が一人、刀を向け綾乃に迫っている。

（おのれ）

征史郎は伊賀者の攻撃を防ぎながら横目で見るのが精一杯だった。すると、南郷が脇差を伊賀者に投げた。脇差は伊賀者の右腕に命中し、刀が落ちた。

征史郎は伊賀者を始末して濡れ縁を飛び降り綾乃に走り寄った。その時、伊賀者の背後へ人影が殺到した。弥助だった。

弥助は脇差で伊賀者の背中を刺した。伊賀者はうめき声を漏らしながら崩れ落ちた。征史郎は南郷の行方を追った。南郷の姿はない。

「大丈夫か」

征史郎は綾乃の側に駆け寄った。

「はい、大丈夫どす」

綾乃は怯えながらもしっかりとした口調で返してきた。

「弥助、すまんな」

弥助は伊賀者の覆面を剝ぎ取った。そして、

「違う。時次郎やない」

残念そうに首を横に振った。

「残る連中の中には」

征史郎が聞くと、

「もう確かめました」

弥助が声を低めた時、

「御用だ」

という声がした。

「こら、退散した方が良さそうだ」

征史郎たちは早々と三十三間堂を立ち去った。

四

征史郎と弥助は毛念寺にやって来た。既に時刻は九つ（午前零時）を過ぎている。

毛念寺は森閑とした闇の中にある。と思いきや、境内は天を焦がすほどの篝火《かがりび》が焚かれていた。それればかりか、伊賀者らしき者たちが松明《たいまつ》を手に動き回っている。

征史郎と弥助は山門近くの草むらに身を潜め、しばらく様子を窺った。

「こら、何の騒ぎだ」

征史郎は驚きを隠せない。

「きっと、大がかりな呪詛でもやらかすのと違いまっか」

弥助も興味津々《しんしん》の様子だ。

「田安卿の姿は見えるか」

征史郎は夜目に慣れた視線を凝らしたが、ここは忍びの技を持つ弥助の眼力に頼るべきと判断した。

「待ってください。中を見てきます」

弥助は滑るような足取りで崩れた白壁に向かうと境内の中に入り込んだ。征史郎はその間、闇の中で息を殺した。降るような星空である。しんなりとした草が濃い緑の香を漂わせ土の香りと混じって、夏の到来を思わせた。

松明は念仏堂へと向かって行く。炎が大蛇のようにうねりながら山頂へと行進していた。やがて、わずかに草むらを揺らす音が近づいて来た。

「ご苦労」

征史郎が声をかけると、

「田安はんはおられまへん。その代わり、例の三人のお公家さんがおられます。それと」

弥助はそこまで言って口をつぐんだ。

「どうした……。ああ、そうか。仇もいるんだな」

征史郎が囁くと、

「はい。時次郎の奴も」

弥助は言葉に力を含ませた。

「よし、乗り込むぞ」

征史郎は刀の下げ緒で小袖を襷《たすき》掛けにした。

「おまえは、時次郎を仕留めろ。おれは、僧侶と公家どもを捕らえる」

「分かりました」

弥助の言葉には決意がみなぎっていた。

「行くぞ」

征史郎は小走りに山門を潜った。警護の伊賀者が一人、突然の侵入者に戸惑いながらも駆け寄って来る。征史郎は刀には手をかけず、伊賀者の鳩尾《みぞおち》に拳を叩き込んだ。伊賀者はその場に昏倒した。境内の奥深く進もうとする征史郎を、

「花輪はん。ちょっと」

弥助は呼び止め、伊賀者を白壁の側まで引きずって行った。そこで弥助は伊賀者の

身包《みぐる》みを剝ぎ、自らの着物を脱いで身につけた。

「わては、伊賀者に紛れ込みます」

「気をつけろよ」

征史郎が声をかけると弥助は足取りも軽やかに山頂に向かって走りだした。征史郎は辺りを見回しながらゆっくりと歩を進めた。屋根瓦の剝げ落ちた本堂が黒々とした姿を晒しているのみで人の気配はしない。

やはり、みな、呪詛を行う祠に集合ということか。

征史郎は松明が闇に消えたのを見計らい、石段を登って行った。祠に近づくにつれ集団のざわめきが聞こえる。征史郎は竹垣の入り口の側でかがみ、弥助の姿を探した。しかし、弥助は伊賀者に成りきっているためかどこにいるのか所在が知れない。

祠からは赤々とした炎が漏れてくる。中から、しきりと経文を唱える声が聞こえた。その祠を取り巻くように松明を手にした伊賀者が立ち尽くしている。公家達の姿はない。おそらく、祠の中なのだろう。

征史郎は一気に斬り込むべきか迷った。

そうしているうちに観音扉が開いた。中から、護摩壇で燃え盛る炎が見えた。住職の義長を先頭に三人の公家が続いた。公家達は揃いの草色の狩衣姿に額には奇妙な三角形の布を巻いていた。死体のようである。

義長は手に藁人形を持っている。

伊賀者達の間から歓声が上がった。義長は静かな歩き方で樫の木に向かった。公家達もおごそかな様子で続く。義長は樫の木に辿り着くと藁人形を幹に押しつけ、

「源家重に呪いあれ」

野太い、どこか芝居がかった声を出した。続いて公家達も、

「源家重に呪いあれ」

唱和した。

続いて義長は太い針を刺した。義長と公家達の姿を伊賀者の松明が揺らしていた。

「謀反人、許さん！」

征史郎は抜刀し伊賀者の輪の中に斬り込んだ。松明が大きく揺れ、動揺の声が広がる。征史郎は間近に迫った二人の伊賀者の首筋に峰打ちを食らわせた。

「賊じゃ、斬り捨てろ」

義長が叫んだ。公家はおろおろとし、その公家達を伊賀者が守ろうと取り巻いた。義長にも警護の伊賀者が近づく。その間にも征史郎は伊賀者と刃を交える。鋭い金属音が轟き、伊賀者達が地に倒れる音がした。

伊賀者の一人が松明を征史郎に向かって投げた。征史郎は刀で払った。すると、松明が真っ二つに割れ、火が伊賀者の一人に燃え移った。炎に包まれた伊賀者は地にのたくった。

征史郎は暴れまわった。群がる伊賀者に次々と刀を向けた。伊賀者は刈り取られる稲穂のように倒れていく。たちまちにして、樫の木にたどり着いた。針で刺し込まれた藁人形を剝ぎ取る。

すると、征史郎の背後に伊賀者が立った。すかさず、剣を振りかぶると、

「わてです」

弥助の声がした。

「おお、無事だったか」

征史郎は頬を緩めた。

「義長とお公家さん達は祠の中でおます。それと、時次郎の奴も」

弥助は祠を指差した。祠は観音扉が閉じられ、ひっそりと静まり返っている。征史郎は飛び出し、濡れ縁に上がった。観音扉に手をかける。ぴくりとも動かない。征史郎は扉を叩いた。

「開けろ！　開けないと火を放つぞ」

征史郎は怒鳴った。しばらくして、

「火ならおまえにかけてもらわんでも、こっちでつけるわ」

義長の声がした。

すると、中から、何かが倒れるような音がした。すぐに、床を焦がす匂いと板が弾ける音がした。護摩壇を倒したようだ。

（証拠もろとも消し去るつもりか）

征史郎は思いきり身体を扉にぶつけた。みしりという音がした。征史郎は手ごたえを感じ、何度も身体をぶつける。やがて、扉が祠の中に倒れた。護摩壇が倒れ炎が立ち上っている。

公家達は煙にむせながら部屋の隅をのたうち回っていた。義長は不動明王像の前でひたすら経を唱えている。伊賀者が一人守護するように立っていた。

「時次郎」

弥助が叫んだ。時次郎は怪訝な顔をしたが、

「おまえ、弥助か……」

馬鹿にしたような笑いを投げた。征史郎は不動明王像の前にある呪詛文を取ろうと身を乗り出した。すると、時次郎がそれを阻むように立ちふさがり、長脇差を抜いた。

弥助が時次郎に向かった。征史郎は義長の衣の襟を摑むと、横に放り投げた。

次いで、呪詛文を手に入れる。

公家達は悲鳴を上げ逃げ惑っている。炎が立ち上り、不動明王像を燃やし、天井に至った。

「弥助、仇討ちだ」

征史郎が声を放つと、弥助は無言でうなずいた。

弥助は長脇差を逆手に持ち、時次郎と刃を交わした。

二人は炎を背に戦い続けた。やがて、弥助の脇差が時次郎の喉笛を掻き切った。時次郎は血潮を上げながら倒れ伏した。

義長が立ち上がると、

「さあ、一緒に来なされ」

征史郎に促され、素直に従うふりをしたが、やおら踵を返し、

「心頭滅却すれば火自ずから涼し」

と、経文のように唱え炎に身を投げた。

征史郎が止める間もなかった。

「花輪はん」

弥助に促され、征史郎は表に出た。
祠は炎に包まれ、天を焦がし続けた。中からは公家達の断末魔の悲鳴が聞こえた。

第七章　別　れ

一

翌日、征史郎は日照と弥助に別れを告げた。

「それでは、これを出雲さまへ送ってくだされ」

征史郎は藁人形と呪詛文を日照に渡した。

「まったく、このような大それたことを」

弥助は顔を曇らせた。

「昨日、書状の方は飛脚を立てた。この呪詛文や藁人形も飛脚を立てますわ」

日照は険しい顔である。

「くれぐれもお願いいたす」

征史郎は頭を下げた。

「頭下げるのはこっちや。花輪はんのおかげで、毛念寺も公家どもも焼かれた。邪教は滅んだのや」

日照は心持ち安堵の表情をたたえた。

「では、旅立つとします」

征史郎は大刀を腰に差した。

「気をつけて」

日照は深々と頭を下げた。

「おかげさまで、時次郎を討つことができました」

弥助は神妙な顔つきになった。

「いや、おれのおかげじゃないさ。おまえの執念というものだろ。たまたま、おれは行きがかり上関わったというだけのこと」

征史郎は笑顔を返す。

「また、ご謙遜を」

弥助はそれでも何度も礼の言葉を並べ立てた。征史郎は一通り聞き終えてから道中嚢を背負い縁側に立ち青々とした空を見上げ、

「都はやはりみやびたものでした」

「ほんでも花輪はん、ろくに京見物ができまへんでしたな」

日照は自分が悪いとでも言うようにぺこりと頭を下げた。

「いや、まあ、それなりに楽しいものでした」

征史郎は気になさらずと言い添えた。

「それで、わて、日照さまに言われまして、こないなものを」

弥助は風呂敷包みを広げた。

「おお、これは」

風呂敷には櫛や簪《かんざし》、おはじき、匂い袋、財布などの小間物があった。

「花輪はんのお身内へのお土産や。都見物をして、手ぶらでは具合が悪かろうと思いましてな。勝手ながら、用意したのや。念のため多めに用意しといたよってに」

「日照殿、かたじけない。実のところ、どんな土産を買ったらいいものか、頭を悩ませておったところです」

征史郎は征一郎や志保、それに甥子たち、さらには弥太郎や早苗の顔を浮かべた。とたんに江戸が恋しくなった。征史郎は一人、一人の顔を想像しながら風呂敷に包み、道中嚢の中に納めた。胸が暖かくなった。

征史郎は弥助の、

「また、いつでもお越しください」

日照の、

「かたじけない。ほんまに助かった」

という言葉を背中に受け、草庵を出た。

境内を横切り、知恩院の巨大な三門を名残惜しそうに見上げる。青空に真っ白な都鳥が飛んで行く。ふと、視線を転じると石段を綾乃が登って来た。

「弥助はんから、今日お立ちにならはるってお聞きしましたので」

綾乃はこぼれんばかりの笑みを送ってきた。

「ああ、そうなのだ」

征史郎が綾乃に告げなかったのは、別れが辛くなるからである。しかし、だからといって、綾乃に恋心を抱いたのかというとそうとは言いきれない。綾乃のことを愛《いとお》しく思うのだが、早苗に対する気持ちとはどこか違う。何がどう違うのかと明確に説明することはできないが……。

そんな征史郎の気持ちを知ってか、知らずか、

「花輪はんがおらんようになると寂しなるわ」

綾乃は無邪気に別れを惜しんだ。

「おれなんぞは、旅人にすぎんさ」

征史郎は綾乃の心の負担を軽くするつもりだったが、

「そんなことおへん。花輪はんには命を助けてもらいました」

綾乃は瞳を潤ませた。

「三十三間堂のことか。あれは、おれなんかと関わったからだ。おれのせいで、巻き込んでしまったのだ」

綾乃はしばらく征史郎を見上げていたが、

「花輪はん、お元気で。ほんまにおおきに」

ゆっくりと腰を曲げた。

「こちらこそ感謝する。綾乃ちゃんのおかげで、こんな素晴らしい刀を得ることができた」

征史郎は腰の刀の柄をさすった。

「これ、お持ちになっておくれやす」

綾乃は髪から朱色の玉簪を抜いた。ほんのりと甘い香りが漂った。

「これを……」

征史郎は迷ったが綾乃の好意を無にする勇気はなかった。

「どうぞ」

綾乃から笑顔と一緒に差し出され、

「では、遠慮なく」

征史郎は受け取り、着物の袂に入れた。

「お元気で」

「綾乃ちゃんもな」

征史郎は返すと、未練を断ち切るように石段を降りた。背中に綾乃の視線を感じ、何度も振り返りたくなった。しかし、振り返ると別れが辛くなることは目に見えている。征史郎は心を鬼にして足早に石段を駆け下りた。


征史郎は京都で最初に立った三条大橋から東海道を下った。ここから、大津宿までは、山の中の道である。昼が近づき日差しは夏のように強く街道を白く焦がしていた。山間の緑はむせ返るような生命力に満ち溢れている。

征史郎は、黙々と歩を進めた。

行商人風の男達が忙しげに行き来している。みな、一日でも旅程を短縮しようと物も言わず、風景を愛《め》でるのんきさはない。白川橋を渡り、粟田口、蹴上げと歩を進めたところで後ろから山道を踏みしめて来る者がいる。足音を聞いただけで武芸者と分かるような隙のない運びだ。

征史郎の胸に緊張が走る。ゆっくりと振り返った。深編笠をかぶった侍が一人立っていた。背格好からして南郷庄乃進に違いない。果たして、

「花輪どん」

南郷は深編笠を上げた。目は澄んで涼しげだが、全身から異様な殺気を発散させている。

「どうした。別れを惜しみに来てくれたのか」

征史郎は南郷の殺気をそぐように軽口をたたくと横に並んだ。

「ああ、名残惜しかごわすな」

南郷も軽口で返してきた。

「では、別れの宴でも催したいところだが、あいにくと先を急ぐ旅でな」

「それは残念でごわす」

南郷はからからと笑った。征史郎は南郷の動きから注意をそらすことなく、いつでも大刀を抜けるよう身構えた。だが、南郷の左である。もし、刀を抜くとなれば一歩

遅れを取ってしまう。南郷は征史郎の心の内を察したのか、

「宴は無理でも、茶の一杯くらい大丈夫ではごわはんか」

雑木林の間に見える茶店を指差した。どうやら、この場で斬るつもりはないようだ。

「そうだな、茶の一杯くらいつきあわなければ、後味が悪そうだ」

征史郎が応じると、南郷は街道の脇の草むらに屈み、雑草の葉を抜いた。次いで、その草を深編笠の中に入れた。すぐに、草笛が聞こえた。聞くともなく聞いていると意外に心地よい音色だった。

征史郎は南郷の意外な一面を見る思いがした。

「いらっしゃいまし」

茶店の主が二人を愛想良く出迎えた。葦簾張りのこぢんまりとした店だ。中には、旅人ばかりが数人、一服している。征史郎は菅笠を南郷は深編笠を脱いだ。長身の二人は葦簾に頭がつかえないよう屈みながら縁台に並んで腰掛けた。

「茶をもらおう。それと、草団子」

征史郎は南郷を見た。南郷は、

「おいは、茶だけでよか」

「どこまでついて来るのだ。まさか、江戸までじゃないだろうな」

征史郎は笑った。

「いっそのこと、そうしもんそか」

そこへ、茶と草団子が運ばれて来た。

「どうした、なんだか、弱気になっておるではないか」

「近衛家を首になりもした。行くあてはなか」

南郷は自嘲気味な笑いを浮かべた。

「おれを殺しそこない、毛念寺も焼かれてしまったからか」

征史郎はずばりと言った。

「そういうことでごわす。失敗が続き、近衛さまのお屋敷になどおられるはずもなか」

「薩摩に戻ればよいではないか」

「藩を離れた身、そんなことできるわけなか」

「藩を離れたのは藩命ではなかったのか」

南郷はどす黒い顔をした。それは、肯定を表していたが口にすることはできないのだろう。

「薩摩とておまえと関わりたくはないだろうな」

南郷に同情する気はなかったが、薩摩のやり方には怒りを覚えた。

「負け犬は一人、立ち去るしかなかとじゃ」

南郷は茶を飲み干した。

二

「まあ、達者で暮らせ」

征史郎は草団子を頬張った。

「だが、その前に」

南郷は鋭い視線を向けてきた。その目を見れば言いたいことは分かった。

「勝負か」

征史郎は短く返した。

「そうだ」

「もう、お互い役目は終わったのだ。それを今さら、なんで命のやり取りなど、する必要があろうか」

征史郎は客達の耳を憚《はばか》り、声を低めた。

「役目が終わったからこそ、勝負をしたか」

南郷も小さな声ながらはっきりと言った。

「命を捨てる必要がどこにある」

征史郎は考え直すように目に力を込めた。

「おはん、自分が勝つと思っているんじゃなかか」

「だとしたら、なんだ。命を粗末にするな」

「おいは自分が勝つと信じておる。従って、命を粗末にすることはなか」

南郷は胸を反らした。

「ともかく、おれは気が進まん」

征史郎はぷいと横を向いた。

「逃げるとか」

南郷は口元を歪めた。顔に嘲《あざけ》りの表情を刻んでいる。精一杯に征史郎を挑発しているのだろう。

「どうしてもやるのか」

征史郎は念押しした。

「ああ」

南郷は征史郎との勝負に今後の人生を賭けているようだ。いや、征史郎を倒したうえでないと人生が開かれないのだろう。

「分かった。手加減はせんぞ」

「当たり前じゃ」

南郷は刀の鞘をさすった。

「どこでやる」

征史郎は周囲を見回した。のどかな山道が続いている。旅人が行き交い、大の男が果たし合いをやる雰囲気ではない。

「この先に、火事で燃えた庄屋の家がある。そこなら、人目はなか」

南郷は遠くを見るように顔を上げた。

「いいだろう」

征史郎は言うと、縁台に銭を置いた。

「おいは、自分で払う」

南郷も銭を置く。

「これくらい、かまわんだろ」

征史郎が苦笑すると、

「勝負相手に一文たりとも借りを作るわけにはいかん」

南郷はぴしゃりと跳ねつけた。

二人は肩を並べ、街道を歩いた。紋白蝶が舞い、緑に映えている。南郷は草笛を吹いた。のんびりと旅を楽しむ二人連れにしか見えない。だが、その間も征史郎は油断なく南郷の動きに目を配っていた。

よもや、南郷が街道で不意打ちを仕掛けてくるとは思わない。茶店で言ったことは本音であろう。純粋に征史郎と勝負をしたがっているのだ。しかも、命を懸けた真剣勝負である。

そんな南郷が今さら、卑怯な手段に訴えるとは思わない。

思わないが保証もない。武芸には策略も含まれるという考え方もあるのだ。つまり、相手を己が手の内に入れ、そのうえで仕留める。勝負は剣と剣を交えることだけではなく、それに至るまでの言葉、所作をも含めて考えるべきという者もいるのである。

南郷はどちらであろう。

征史郎は南郷を策などを弄しない無骨な武芸者と考えた。自分と同じような匂いがするのだ。三十三間堂がそうだった。自分を誘い出すために綾乃を人質に取った。だが、それは南郷の本意ではないようだった。しかも、伊賀者の加勢を邪魔とした。そればかりか、綾乃を襲撃した伊賀者に脇差を放って制したのだ。

南郷庄乃進という男、剣に生きる一人の剣士であるに違いない。

南郷の草笛がひときわ大きくなった。紺碧の空に草笛の音色が吸い込まれていく。

「ほれ、あそこじゃ」

南郷は名所、旧跡を教えるような気安さで決闘場所を指差した。決闘場所は山肌に寄り添うように建ち並んでいたらしい。火事で燃えたというように、建屋は丸太小屋がぽつんと取り残されたようにあるだけで、古びた井戸と一本の樫の木、あとはぼうぼうとした野原が広がっているばかりだ。

「なんだか、寂しい所だな」

征史郎はぽつりと漏らした。

「そうじゃ。あげな所でくたばりたくはなか」

南郷はおかしそうな声を出した。征史郎は、「ならばやめるか」と口に出そうと思ったが、南郷の決意が揺らぐとは思えず言葉にするのをやめた。

「ほんなら、行くぞ」

南郷は足早に進んだ。征史郎も続く。二人は草むらをかき分け野原の真ん中に立った。

「よいな」

南郷は深編笠を脱いだ。

「いざ」

征史郎も菅笠をとり道中嚢と共に草むらに置いた。二人は刀の下げ緒で襷掛けをした。風が草むらを大きく揺らした。鳶が舞っている。のんびりと弁当でも使いたいような陽気だ。

征史郎は大刀を抜いた。南郷も抜く。

南郷は例によって示現流の構えだ。征史郎は正眼である。

二人はしばらく睨み合った。

征史郎は南郷の初太刀を食らうまいと間合いを詰めずにいる。南郷は踏み込む機を窺うように鋭い視線を浴びせてくる。征史郎は一歩も動いていないにもかかわらず額に汗がにじんだ。緊張で身体が火照ってくる。

南郷は目を大きく見開き、今にも摑みかからんばかりの勢いになった。

と、刹那、

「ぎえい！」

南郷の大音声が響き渡った。それは、征史郎の腹の底を震わせるほどの力強さだ。

征史郎は反射的に後方に飛び退いた。南郷は征史郎の動きを読んだように、一歩も動かない。

征史郎は当てが外れたが、正眼の構えを崩さず、大地に足を踏みしめた。南郷は征史郎の目をじっと見据えた。

征史郎はとっさに横に走った。南郷は征史郎の動きを目で追うだけで動こうとしない。

「どおりゃ」

征史郎は南郷を挑発するように声を張り上げた。

南郷は征史郎の挑発には乗らないように走りだすこともなく悠然と歩を進めてくる。やがて、征史郎の正面に立つと再び示現流に構えた。征史郎は山のように立ちはだかる南郷をいかに倒したらいいのか考えあぐねた。

思いきって南郷の懐に飛び込むか。

いや、一歩踏み出せばそれを待っていたかのように刀を振り下ろしてくるだろう。そうすれば、この白昼だ。南郷はよもや外すようなことはしない。今度こそ、一撃必殺の薩摩示現流の剣が炸裂するに違いない。

征史郎は正眼に構えながら、南郷の目を見据えた。南郷はわずかに笑みを浮かべている。征史郎を、「逃げるか」と嘲っているようだ。

征史郎は大刀を下段に下げた。あえて南郷に踏み込ませようとでもいった風である。南郷はしばらく、征史郎の様子を注視していたが、

「ちぇすと！」

大音声と共に大刀を振り下ろした。風が引き裂かれ、稲妻のような刃が征史郎の脳天に襲いかかった。

「どうりゃ！」

征史郎もほとんど同時に叫び、下段から刃を擦り上げた。すさまじい金属音が響き、二人の体が入れ替わった。

それから、間髪をおかず征史郎は南郷の懐に飛び込み、刀を繰り出した。南郷は激しい勢いで払い、征史郎との間合いを離そうとした。だが、間合いが広がれば、再び南郷の剣の凄まじい攻撃に襲われるに違いない。

征史郎は南郷との距離が開かないよう必死で刀を振るう。南郷も必死で間合いを広げようとする。二人の身体はもつれるように野原を駆け巡った。野原には二人の息遣い、足音、刃の交わる音が広がる。

やがて、二人の顔から汗が滴った。

征史郎の攻撃の手が緩んだ。
南郷はその隙に横走りに飛び退いた。征史郎は前のめりになった。
しまった!
征史郎は瞬時に体勢を立て直す。そこへ南郷は無言で刀を振り下ろしてきた。と、
同時に、
——ばあ〜ん——
銃声が轟いた。
南郷の刀が止まった。

三

征史郎も大刀を下げた。南郷は前方に倒れた。

「南郷!」

征史郎は何が起きたのか分からなかったが、身の危険を感じ草むらに身を投じた。

「おれの口封じにやって来たのだろう」

南郷の声がした。

「無事だったのか」

征史郎は驚きの声を上げたが、

「顔を上げるな」

南郷に制せられて草むらに突っ伏した。

「薩摩者か」

「いや、薩摩ではない」

「すると、伊賀者か」

征史郎が聞いた時、またしても銃声が轟いた。

「話は後じゃ」

南郷の言葉に、

「勝負もな」

征史郎は返事をした。二人は同時に身体を起こし、駆けだした。それを追いかけるように銃声が響く。敵の姿は見えない。二人は野原を駆け抜け、廃屋と化した丸太小屋に向かった。

「おまえも、嫌われたもんだな」

走りながら征史郎が言うと、

「おまえのせいじゃ」

南郷は笑って返した。二人は丸太小屋に飛び込んだ。板戸を閉じ、剝がれた丸太の隙間から外の様子を窺う。

「おいは、伊賀者から嫌われておったかもしれん」

南郷の左腕から血が滲んでいた。征史郎の視線に、

「大したことなか」

南郷は白い歯を見せた。それから、袖を捲くった。弾丸がかすったようだ。南郷は手拭を嚙み千切った。

「貸せ」

征史郎は手拭の切れ端で左の上腕部を縛った。わずかに、南郷は唇を嚙み締めた。

「どうも、おいは、伊賀者とは肌が合わなかった。こっちが嫌っていると相手も嫌うものじゃ。おいの指揮に入れられたことを伊賀者は不服に感じたじゃろう」

「なるほどな」

征史郎はまたしても三十三間堂の決闘を思い浮かべた。

「それはともかく、とんだ邪魔が入ったもんじゃ」

南郷は征史郎との勝負に水が注されたことを怒っている。

「何人いやがるかな」

征史郎は野原に視線を凝らした。一見したところでは、ただの野原が広がっているばかりである。だが、じっと視線を凝らすうちに、樫の木陰で蠢く伊賀者の姿があった。木陰ばかりか枝にもいる。

「あの、樫の木だな」

征史郎は指差した。

「どこにいようが、奴ら、人の寝首をかくことばかり考えておるとじゃ」

南郷は不快そうに顔を歪めた。

「ここから出たら狙い撃たれるな」

征史郎は現実を直視した。

「かといって、いつまでもこげな小屋に籠っているわけにはいかん」

「だが、鉄砲がな」

征史郎は怖気づいたのかと批判されることを承知で言った。

「多分、二挺は持っておるとじゃろ」

南郷の推量は銃声の間隔からいって的を得たものだ。すると、

「じゃあ、思いきって斬り込むか」

征史郎は強気になった。

「そうじゃ」

南郷も賛同した。

「貴殿は休んでおれ」

征史郎は南郷の怪我に目をやった。

「これくらい、なんでもなか」

征史郎は引き止めるのが無理と判断した。すると、

「おい、なんか焦げ臭いぞ」

板葺きの屋根が燃えている音がする。煙も充満してきた。

「おのれ、燻《いぶ》り出すつもりか」

征史郎は歯軋りした。

「どうやら、敵は我らの目を樫の木に引きつけておったようじゃ。やはり、あいつら、人の寝首をかくことしか考えておらん」

南郷はおかしそうに笑った。

「そのようだな」

征史郎は外に視線を転じた。丸太小屋の周囲に伏兵がいるに違いない。

「おれが、まず盾になる。すぐ後ろをついて来てくれ」

征史郎は南郷の返事を待たず、戸を蹴り外に飛び出した。南郷は仕方なく従う。

——びゅん——

外に出たとたんに手裏剣が飛んできた。征史郎は大刀で払う。と、頭上から伊賀者が飛び降りて来た。

「ぎえい!」

南郷は大刀を振り下ろした。血しぶきが跳ね、伊賀者の右肩から股までが斬り下げられた。薩摩示現流のすさまじいばかりの一撃だ。だが、今は感心している場合ではない。

丸太小屋が炎に包まれた。征史郎と南郷は炎から逃れようと足早に野原に出た。すると、それを待っていたように伊賀者が取り巻いた。征史郎は三尺の大刀を抜くや伊賀者の輪をなぎ払った
伊賀者は稲穂が刈り取られるように倒れた。

すると、樫の木が揺れた。ばらばらと伊賀者が降ってくる。鉄砲を持った男が二人いる。銃口が征史郎と南郷に向けられた。征史郎は咄嗟に地に倒れた伊賀者を起こし、自分と南郷の身を庇った。

銃声が二発轟いた。

伊賀者の亡骸がびくんと弾んだ。弾丸が命中したのだ。

「行くぞ！」

南郷は駆けだした。征史郎も走る。二人は疾風のように野原を駆け、樫の木の根元にいる伊賀者に迫った。全部で五人だ。五人のうち、鉄砲を持っていない三人は長脇差を逆手に持ち斬りかかってきた。

その間に、鉄砲を持った二人が弾込めをする。

「ちぇすと！」

南郷は三人に向かって刀を振るった。三人は南郷の敵ではない。たちまちにして斬り伏せられた。脳天を割られた者、首を刎ねられた者、胴を割られた者、野原には伊賀者が虫けらのような骸《むくろ》をさらした。

その間、征史郎は鉄砲に立ち向かった。大刀を振り上げ、鉄砲に向かって行く。伊賀者は迫り来る征史郎に弾丸を放とうと必死に弾込めをした。弾込めを終え、よし、とばかりに銃口を向けてきた。

鬼斬り静麻呂が一閃された。

同時に銃声が轟いた。

さらには鉄砲の筒先が空に舞い上がった。

「どうりゃ！」

征史郎の怒声も響き渡る。伊賀者はなすすべもなく刃に倒れた。

「ふ〜う、危なかったな」

征史郎は笑顔を浮かべ南郷を振り返った。

「伊賀者なんぞ、物の数ではない」

南郷は静かに返した。

「さて、おれは江戸に向かわねばならん」

征史郎は野原に置いた道中嚢を拾いに向かった。征史郎の背中に向かって、

「おい、まだ、勝負はついておらんぞ」

南郷は当たり前のように言った。

「何を言う」

征史郎は南郷の左腕を見た。南郷は一向に気にする素振りも見せず、

「こんなかすり傷で勝負を諦められるか」

傲然と言い放った。

「やめておけ」

征史郎は取り合わない。

「蚊に刺されたようなものだ」

南郷は追いすがってくる。

「そんなことはない」

征史郎は厳しい目を向けた。

「臆したか」

南郷は挑発するように顔を突き出した。

「どうあってもやるか」

征史郎もここまで言われては引けないと応じることにした。

征史郎と南郷は再び野原の真ん中で対峙した。

征史郎は八双、南郷は示現流の構えだ。征史郎は今度は間合いをそれほど取らなかった。それどころか、南郷の手の内に入るように、

「とう！」

大きく足を踏み出した。南郷の刀が風のように振り下ろされた。征史郎も大上段から刀を繰り出した。

天をも震わすような金属音がこだました。同時に、征史郎はさらに踏み込んだ。南郷の刀は払われ、征史郎の刀は南郷の顔面に一直線に向かった。南郷の顔は両断されようとした。

——き～ん——

が、紙一重のところで征史郎の刃は止まっていた。

「うぐ」

南郷はその場に崩れ落ちるように跪《ひざまず》いた。

「負けた」

南郷はそれが信じられないように空を見上げた。

「いや、この勝負、預けた」

征史郎は大刀を鞘に納めた。

「どうした、おいの怪我に手加減を加えたとか」

南郷は悔しそうに口を曲げた。

「手加減は加えなかった」

征史郎は冷静に返した。

「なんだと、愚弄するか。おいは、負けを認めんほど、小さか男じゃなか」

南郷は負けは認めたものの悔しげに唇を嚙んだ。

「手加減は加えなかった。よって、おまえの一撃を払いのけることができたのだ。払いのけることができたのは、おまえが怪我を負ったからだ。おれは、全力を尽くした」

「では、何故、おいの顔面を割らなかった」

南郷は草を摑んで放り投げた。

「それは、勝負とは関係ないからだ」

征史郎は頰を緩めた。

「関係ない？」

南郷は納得がいかないようだ。

「関係ないとも。顔面を割るのは殺戮だからな。殺戮は剣の勝負ではない」

征史郎は言うと、道中嚢を背負い菅笠をかぶった。

「待て」

南郷は呼び止めたが征史郎は振り返ることなく歩みを速めた。征史郎の背中から草笛の音色が聞こえた。

第八章　紫陽花《あじさい》の寺

一

五日後、征一郎は忠光邸を訪れていた。法源尋問の結果を報告するためである。夜半、夜の帳《とばり》が下りた屋敷の中、書院では燭台の蠟燭が揺れていた。征一郎は法源から聞いた神君御書付について思案を巡らせた。まさか、仁大寺にそのような大事が秘されていようとは。

征一郎が思案を巡らせながら待っていると、忠光が現れた。地味なこげ茶の小袖に茶献上の帯を締めただけの気楽な格好だ。湯上りと見え、顔が艶やかに火照っていた。忠光は障子を開け放ち、夜風を入れた。暗闇が広がる庭には蛍が飛び、石灯籠に火が灯されている。

「ご苦労だったな」

忠光はまずねぎらいの言葉をかけてきた。征一郎は頭を垂れ、型通りの挨拶を返してから、

「法源殿は品川の土地、薩摩が買い求めようとしたこと、ご存知でありました」

忠光は表情を変えず、話の先を促す。征一郎は法源から聞いた薩摩藩とのやり取りを語った。

「そんなことがあったのか。すると、薩摩は今回の一件が起きる前から仁大寺の土地に狙いをつけていたということじゃな」

「事実はその通りでございます」

忠光の顔は険しいものになった。

「よもや、仁大寺の一件の背後に薩摩が……」

忠光は口走ってから、眉間に皺を刻んだ。さらに言えば、薩摩の背後には尾張がいる。尾張中納言徳川宗勝。田安宗武を将軍職へ推す強力な一派だ。

「薩摩がそれまでして、品川の土地を欲するわけは何であろうな」

「薩摩芋の耕作が目的と」

征一郎はここで自分勝手な推量を申し立てることは控えた。忠光は薄く笑い、

「それは、表立ってのことだ。真実の狙いは何であろうな」

「よく分かりません」

「分からぬのは当然じゃが、薩摩の狙いが分かれば仁大寺の一件、絵解きができるかもしれん」

忠光はさらに征一郎へ考えることを求めてきた。征一郎はしばらく口をつぐんでいたが、

「抜け荷」

ぽつりと漏らした。忠光は敏感に反応した。

「それだ」

「薩摩は琉球を支配下に置き、清国と御禁制の抜け荷をしておることは天下公然の秘密にございます。その抜け荷品を江戸でさばくための拠点が欲しい、ということでしょうか」

征一郎は忠光に促され自分の考えを述べ立てた。

「そうじゃ。薩摩め。おとなしく、細々と抜け荷をやっておる分であれば、御公儀と清国との交流の足しにもなると目を瞑っておったが、江戸にまで抜け荷品を持ち込み、東国一帯にも抜け荷品をさばくとなると由々しきことじゃ」

この時代、江戸幕府は鎖国政策を行っていた。ところが、全く国を閉ざしていたわけではない。長崎の出島のほかに対馬の宗《そう》氏を通じての朝鮮との交易、薩摩支配下の琉球を通じての清国との交易という窓口も持っていたのだ。薩摩藩は琉球を通じて得た清国の情報を幕府に上げていた。その際、若干の交易でもたらされる利には幕府は目を瞑っていた。

ところが、江戸に進出して本格的な密貿易を行うとなると由々しき事態である。いや、由々しき事態どころではない。密貿易によって莫大な利を得た薩摩藩は他藩を圧する富裕藩となるのだ。金一万両を幕府に土地の買い取り代金として上納するなど安いものだ。

そして、その富を背景に、田安宗武を将軍に担ぎ出すつもりだろう。御三家筆頭尾張家、五摂家筆頭近衛家、そして外様の雄藩にして最も裕福な藩となった薩摩島津家が宗武を推すという一大勢力が形成されるのだ。

忠光は湯上りにもかかわらず背筋が寒くなったのか着物の襟を寄せた。

「仁大寺の一件、薩摩が仕掛けた罠かもしれん」

忠光が言うと、

「わたしにもそのような気がしてまいりました」

征一郎も賛同した。

「薩摩の企て、なんとしても阻止せねばならん。それには、法源殿が無実であることを明らかにし、仁大寺を存続させることじゃ」

「そのことにつきまして、お耳に入れねばならぬ秘事が仁大寺にはございます」

征一郎はやはり将軍の側近中の側近たる忠光には話しておこうと思った。自分一人が背負うにはあまりに大きな秘事だ。忠光は仁大寺の秘事と聞き、心持ち身構えるように上体を反らした。

「その秘事があるかぎり、仁大寺の品川の土地を薩摩が手に入れることはできません。それどころか、指一本触れることもできないのです」

「ほう」

忠光は期待の籠った目をした。

「仁大寺の土地は畏れ多くも神君家康公より下賜された土地にござります。そして、家康公が土地を下賜された目的は、海からの敵の来襲から江戸を守ることにあったのでござります」

「なんと、そのような……」

忠光は役職がら幕府中枢のさまざまな秘事を知る立場にある。その忠光も征一郎がもたらした仁大寺の秘事は知らなかった。仁大寺にそのような秘事があったとは。

「しかも、そのことを家康公が書き記された御書付が残されております。その御書付は日本国が諸外国から狙われ、江戸が危険にさらされた時にのみ時の将軍家に開示し、将軍家の御指図の下、土地に防備用設備を設けることになっておるとのことでございます」

征一郎は自分で口にしながらも事の重大さに汗ばんだ。

「神君御書付とは絶対の切り札じゃな」

忠光は笑みがこぼれた。

「法源殿は、たとえ自分が罪に問われようと仁大寺は残さねばならない、と」

「それは、そうであろう」

忠光は声を弾ませた。

「わたしは法源殿の無実を晴らし、仁大寺と共にお助けしたいと存じます。できましたら、神君御書付を使うことなく」

征一郎は強い決意を示した。

「よう申した」

忠光は言うと、あたかもそれに合わせたように、廊下を足音が近づき、書状が届い

たと告げられた。忠光は受け取ると、

「知恩院の日照殿からじゃ。吉報かもしれんぞ。そなたの……」

危うく、「そなたの弟が吉報をもたらしたのかもしれん」という言葉を飲み込み、

「そなたの吟味に役立てばよいのだがな」

素知らぬ素振りで言いつくろった。征一郎はうなずくと忠光が読み終わるのを待った。忠光の目元に朱が差した。日照からの書状には、宗武が近衛邸を拠点に若い公家や竹内式部と交わり、家重調伏の呪いを毛念寺で行っていたこと、さらには、京都所司代松平資訓を公家達が暗殺したこと、そして、毛念寺と公家達が征史郎の活躍で滅んだことが記されていた。

そのうえで宋秀について触れられていた。忠光は、書状のうち、宋秀に関わる事柄だけを、

「宋秀についてだが、日照殿は宋秀が法源殿の息子であることを告げていたそうじゃ」

と、伝えた。

「すると」

征一郎は目を細めた。

「そうじゃ、宋秀の奴、どうしてそのことを存ぜぬのであろうな」

忠光も疑念を口にした。

「これは、改めて宋秀を吟味する必要がございます」

征一郎はつぶやくように言った。

「その通りじゃ。頼む」

忠光も唇を引き締める。

「宋秀が法源殿と親子関係にあることを知りながら、素知らぬ風を装った、その点が、絵解きの鍵かもしれませんな」

征一郎は思案を巡らせるように言った。

「わしもそう思う」

「それができれば、法源殿の無実も」

征一郎は堅い決意の下、腰を上げた。

「では、今から寺社奉行船橋殿のお屋敷まで行ってまいります」

「待て、わしも行く。わしも立ち会う」

忠光も立った。

三

征一郎と忠光は船橋備前守の屋敷を訪れた。二人は書院に通され、すぐに船橋がやって来た。廊下を近づく足音からしてその不機嫌さが察せられた。

「夜分、畏れ入ります」

忠光は慇懃な挨拶を送った。

「これは、この前の意趣返しですかな」

船橋は皮肉な笑いを送ってきた。

「どうしても、火急に吟味をしたいと思いましてな」

忠光はちらりと征一郎を見た。征一郎は、

「夜分、畏れ入ります」

丁寧に頭を下げた。

「火急の吟味、宋秀の一件ですな」

船橋は確認を求めてきた。

「今から、吟味をさせていただけまいか」

忠光は言葉は丁寧だが、有無を言わさない態度だ。船橋はしばらく意地悪く考えるような態度を取っていたが、

「分かりました。ただし、わたしも同席いたします。ご異存ございませんな」

と、これまた有無を言わせない態度で返答をした。忠光が丁寧に応じ、征一郎は頭を下げた。

「では、早速」

船橋は家人に座敷牢まで案内させた。

宋秀は座敷牢を出され、裏庭に引かれて来た。寺社奉行立ち会いによる吟味ということで庭に造られた白州に宋秀は引き出されることになったのだ。寺社奉行は町奉行と違って役所があるわけではない。就任した大名の屋敷に吟味の場として必要な白州が設けられる。船橋の屋敷にも御殿の広間に面した庭に白州が設けられていた。

篝火が焚かれ、白い玉砂利の上に筵《むしろ》が敷かれているのが見える。家人が、縄を掛けられ後ろ手に縛られた宋秀を筵に座らせた。宋秀はうなだれた。髪や髭が伸び、着古された衣と相まって乞食坊主といった風だ。

船橋と忠光は広間に座し、征一郎は濡れ縁に座った。

「花輪、吟味を始めよ」

忠光が命じた。征一郎はうなずくと、

「では、宋秀、吟味を始める」

おごそかに告げた。宋秀は頭を下げたが、征一郎の、「面を上げよ」という命令に上体を起こすこともできないような体力の消耗ぶりだ。家人に支えられ、やっとのことで顔を上げる。髭に覆われた顔は目だけがぎらぎらと輝き、大きく落ち窪んでいた。

「宋秀、言葉を発することできるか」

征一郎はまず宋秀の身体をいとうた。宋秀は振り絞るような声で、

「わたくしがやりました！　わたくしが法源さまのご命令でやりました！」

吟味が始まる前からわめき立てた。

「控えよ」

征一郎は静かになだめた。しかし、宋秀はわめき立てるのみで一向に聞く耳を持たない。船橋は持て余すように薄ら笑いを浮かべ、

「吟味など必要ないのではござらんか」

忠光を横目で見た。忠光は無視をして、

「花輪、吟味を進めよ」

征一郎は忠光と船橋に頭を下げると、宋秀を見下ろした。宋秀は相変わらず、わめき立てている。征一郎は、やおら濡れ縁から庭に降り立った。次いで、宋秀に歩み寄り、

「静まれ！」

鋭い声を発したと思うと平手で宋秀の頰を打った。暗闇に征一郎の平手打ちの音がこだました。宋秀の声はやんだ。征一郎は何ごともなかったかのように濡れ縁に戻った。そして、落ち着いた表情を浮かべ、

「宋秀、そなたに尋ねる」

静かに告げた。宋秀は憑き物が落ちたようにおとなしくなった。神妙な顔で征一郎を見上げる。

「そのほう、二親は既に亡くなったと申したな」

宋秀は怪訝な顔をしていたが、

「はい、申し上げました」

「そうか、それはちとおかしな話じゃな」

征一郎は小首を傾げて見せた。宋秀は相変わらずいぶかっている。

「そのほうの父は法源殿である」

征一郎が言うと宋秀は大きく目を剝き、船橋の口から驚きの言葉が上がった。次いで、

「そのこと、知らなかったのか」

宋秀は言葉をなくし、うなだれたままだ。

「どうじゃ、存じなかったのか」

征一郎が畳み込むと、

「は、はい。存じませんでした」

宋秀はしどろもどろになった。

「それは、おかしな話であるな。そのほうが知恩院から江戸に向かう折、日照殿から聞いたはずだが」

「それは、覚えが」

宋秀の額に汗が滲んだ。

「では、尋ねる。日照殿とはいかな御仁であった。容貌その他、申してみよ」

「はい。大変にご立派な面相であられます」

宋秀は上目遣いに答える。すると船橋が、

「花輪、何が言いたいのじゃ」

横から口を挟んできた。忠光は遮ろうとしたが、征一郎は船橋を振り返り、

「この者が宋秀を騙《かた》る偽者であることを明らかにしたいのでございます」

と、言い放った。

「なんだと」

船橋は言ってから宋秀を睨んだ。宋秀は視線から逃れるように面を伏せた。

「では、吟味を進めます」

征一郎は船橋と忠光に断ってから、

「申し訳ござらんが、この者の髪と髭を剃ってやってはくださらんか」

船橋家の家人に言葉をかけた。すると、

「かまわん。やってみよ」

船橋が命じた。家人が急ぎ足で水を汲んで来て小刀を宋秀の顔にあてがった。宋秀の髭と髪を剃る間、船橋は落ち着かない素振りで扇子を開いたり閉じたりしていた。

やがて、宋秀は髪と髭を剃り落とされ、つるりとした面が現れた。

「なかなかに男前ではないか」

征一郎がからかいの言葉をかけると宋秀はおどおどと身体を震わせた。征一郎はおもむろに懐中から紙を取り出した。日照から送られた宋秀の似顔絵である。

「そのほうに、教えてやろう。知恩院の日照殿は大変に絵がお上手で知られておるのだ。その腕は絵師も舌を巻くほどであるそうだ。その日照殿から送られた絵はこれだが」

征一郎は絵を広げた。

ふっくらとした丸顔ながら細い目の辺りは法源そっくりである。鼻は丸く、唇は分厚かった。そして、右の耳たぶに大きな黒子があった。征一郎は絵を船橋に見せた。

船橋は、絵を手に宋秀を見下ろしたが、一瞥をくれただけで、

「明らかに別人だな」

吐き捨てるように言うと絵を征一郎に戻した。

「どうじゃ、寺社御奉行殿も別人とおおせだ」

征一郎は射すくめた。宋秀は、

「おおせの通りにございます。わたくしは宋秀ではございません」

観念したように顔を上げた。

「ふむ、では、改めて問う、そのほう、何者であるか」

宋秀は口を硬く閉じた。

「この期に及んで、口を割らぬのか」

征一郎は厳しい口調を浴びせた。が、宋秀は黙り込んで征一郎を睨んだままである。

すると忠光が、

「そのほう、毛念寺の僧侶ではないのか」

宋秀の顔が大きく歪んだ。

「やはり、そうか。そのほうが所持しておった藁人形、法源殿に罪をなすりつけようとした呪詛文、いずれも毛念寺で見つかった呪詛文、藁人形と全く同じであった」

征一郎が糾弾すると忠光は日照から届けられた呪詛文と藁人形を取り出し、宋秀に向かって投げつけた。藁人形は宋秀の顔面を直撃した。

「おのれ」

宋秀は憤怒の形相を浮かべた。

「どうじゃ、観念してすべてを白状せよ」

征一郎は怒鳴りつけた。宋秀はかっと目を見開き、

「いかにも、おれは宋秀ではない。義相《ぎそう》と申すのが我が名。宋秀の奴は、冥土に送ってやったわ」

けたたましい笑い声を上げた。

三

「静まれ、お白州であるぞ」

征一郎が命じ、家人が激しく身体を揺さぶると義相は笑いを止めうつむいた。そして、

「おまえら、呪い殺してやるわ」

がっくりとうなだれた。

「おい」

船橋の甲走った声がした。征一郎は濡れ縁を飛び降りた。そのまま義相に駆け寄る。抱き起こすと、義相の唇は真っ赤に染まっていた。既に息はない。目は不気味に見開かれていた。

征一郎は忠光と船橋を見上げ、首を横に振った。

「これで、真相は闇に葬られたか」

忠光は悔しげに唇を噛み締めた。

「この一件、毛念寺が畏れ多くも上さまを呪うことを企てたというのですな」

船橋は結論づけた。

「ですが、毛念寺に呪詛を依頼した者がおるはずにございます」

征一郎は白州から声を放った。

「それは」

船橋は口ごもると、

「毛念寺が焼失したとの報せがまいった。間もなく、所司代から船橋殿にも届けられるであろう」

忠光が口を挟んだ。船橋は、

「では、その報告を待ち一件の裁許をいたそう」

「ですが、法源殿はお解き放ちをされるのがよろしかろうと」

征一郎は船橋に言上した。

「そうだな。法源殿の無実は晴れ申した。それと、仁大寺の無実も」

忠光は言い添えた。船橋はしばらく考え込んでいたが、

「そうですな」

納得したように首を大きく縦に振った。

「すると、例の一件、どうなるのでしょうな」

忠光はぎろりとした目を船橋に向けた。船橋は、

「品川の土地収得の一件ですかな」

力なく聞き返した。

「もはや、仁大寺が破却されることはないのですから、土地を手放す必要もないわけですな」

忠光は念押しした。

「そうですな」

船橋は同意せざるをえない。

「では、船橋殿、法源殿お解き放ちと仁大寺には手をつけないという沙汰の使者を立てられよ」

忠光に言われ、

「承知つかまつった」

船橋には最早異議を挟む気力は残されていないようだ。

「それと、薩摩藩邸に仁大寺の土地、買い取りの一件、話はなくなったとの使者も必要でござるぞ」

忠光に言われるまま、

「承知つかまつった」

船橋はこくりとうなずいた。

「ま、御公儀としましては一万両の収入、無になったわけですから、少々残念な結果ではあるが」

忠光はおかしそうに含み笑いを漏らした。船橋は皮肉げに口を曲げた。

征史郎はそんな二人のやり取りを聞きながら、法源から聞いた家康御書付の件を持ち出すことがなくて良かったと思った。あれを持ち出しては幕閣に混乱を招くだろう。

「花輪、ご苦労であった」

忠光が声をかけると、

「よくやったな」

船橋も賞賛をくれた。それが本意なのかどうかは分からない。だが、征一郎は丁寧に頭を下げた。

「では、船橋殿、これにて」

忠光は腰を上げた。すると、

「出雲殿、少々お待ちくだされ」

船橋は呼び止めた。

「いかがされた。まだ、お話がござるのか」

「ちと、お目にかけたいものがあるのです」

船橋はこれまでとは違った真摯な顔を向けてきた。

「花輪、先に帰ってよいぞ」

征一郎は忠光に言われ、ここは遠慮すべきと辞去することにした。篝火の明かりが義相の無惨な亡骸を照らし出していた。なんとも壮絶な、呪詛によって呪い殺されたような形相だった。


忠光は船橋に伴われ、御殿の奥にある一室に招じ入れられた。八帖の座敷は船橋の書斎のようだ。四方の壁に書棚が立ち並び部屋の片隅に黒檀の文机がある。忠光は部屋の真ん中に黙って座した。

燭台の蠟燭がはかなげに揺らめいている。

「夜分、お引き止めして申し訳ござらん」

船橋は丁寧な口調である。

「なんの、船橋殿からお引き止めをいただくとは思いもよらなかっただけに、面映《おもはゆ》い気がいたしますな」

「お引き止めいたしたのは出雲殿に是非、お目にかけたい書物がございましてな」

船橋は書棚から分厚い帳面を持って来た。

「これは、昨年の師走、お亡くなりになられた大岡越前殿が書き残されたものにござる」

船橋に言われ忠光は背筋に緊張が走った。親戚筋に当たる名奉行が残した帳面と聞けばおろそかにはできない。

「越前殿は生前、天領の寺社を調査されました。邪なる教えをして、庶民を惑わせていないか、隠し田畑を所有していないか、調査をなさった結果が記されております」

船橋の言葉を聞きながら忠光はぱらぱらと頁を捲った。大岡忠相特有の几帳面な文字で丁寧に寺社に関する情報が書き込まれている。宗派はもとより、山号、寺格、檀家の数に至るまで詳細な情報が網羅されていた。

忠光は忠相の生真面目で几帳面な仕事ぶりに感嘆の声を漏らした。しばらく、忠光が記録に没入していると、

「そこの中に毛念寺が記してあります」

船橋は記録に目をやった。忠光が頁を捲ろうとすると、

「半ば頃に折り曲げております」

船橋は丁寧に教えてくれた。

忠光は軽く頭を下げると頁を開けた。

そこには、

——毛念寺　宗派　真言宗　と称しているが不明。近在の村では呪詛を行う寺という噂がある。目下、京都所司代にて探索中——

とあった。

「これは」

忠光は厳しい目を船橋に投げかけた。

「そう、越前殿は後任の者のために毛念寺のことを書き残されたのです。それで、先ほど白州で毛念寺の名を聞き、これはよもやと。わたしが、もう少し気をつけておれば……毛念寺を京都所司代と連携して探索をしておれば、と悔やんだ次第」

船橋は歯嚙みした。

「なるほど、毛念寺とは問題のある寺であったのですな」

忠光は大岡忠相を思い感慨深げに漏らした。

「しかし、今となってはその毛念寺も焼け落ちたとのこと」

「邪教は滅んだということでしょう」

忠光の言葉に船橋もほっと息をついた。

「さすがは、越前殿。詳細にお調べでござるな」

忠光は何気ない様子を装い仁大寺が記された頁を開けた。所有地に品川の土地三千坪が記されていたが、家康から下賜されたことも非常時には防衛設備に利用されることも記されていない。さすがの越前もそこまでは調べられなかったということか。

「薩摩もこうなっては、諦めるでしょう。望みを叶えること、できませんでしたな」

「船橋殿が、責任を感じられることではござらんよ」

忠光がなだめるように言うと、

「そうですな、しかし、連日せっつかれるありさまで」

船橋は自嘲気味な笑いを浮かべた。どうやら、薩摩や尾張から連日の催促があったようだ。忠光は毛念寺と薩摩の関わりを追及しようかと迷ったが、すべては炎に包まれてしまった。

あくまで、毛念寺という邪教を奉ずる寺が企てた不届きな行いということで片付けるしかないのだ。ましてや、宗武の罪を追及することなどは到底できないだろう。今回は薩摩の企てを阻止したことで満足すべきだ。

忠光は仁大寺の秘密と共に、一件の真相を胸に畳んだ。

四

それから、十日後、征一郎はようやく仁大寺の一件の事務処理を終えた。

結局、仁大寺の一件は毛念寺が狂った野望から将軍呪詛などという企てをしたものとして処理された。義相はあくまで毛念寺が仁大寺に家重を呪詛させ、その罪を着せるために送り込んだとされた。

その下手人義相も自害し、毛念寺も焼失したとあっては最早、真相は闇の中である。毛念寺で焼死した公家達はあくまで、参詣の折に巻き添えを食った。松平資訓は病死と結論づけられた。

田安宗武は、錦小路自害によりぎくしゃくした朝廷と幕府との関係を改善したと幕閣内で一段と評判を高めた。薩摩藩は品川の土地取得を辞退し、なりを潜めている。

時節はすっかり梅雨を迎えた。征一郎は非番のこの日、ふと仁大寺を訪れた。境内には湿っぽい空気が漂い、朝から降り始めた雨は昼下がりになっても一向に晴れる気配はない。

征一郎は地味な黒地木綿の小袖を着流し、蛇の目傘を差した。境内に参詣する者はなく、小坊主の姿も見られない。屋根瓦が雨を弾き、境内も雨水が溜まって歩きにくいことこの上なかった。

征一郎は参拝をすませて境内を去ろうとした。すると、雨で煙る境内を小坊主が傘も差さずに泥を跳ね上げ小走りに駆け寄って来た。征一郎がちらりと視線を向けると、

「花輪さま、住職さまがお呼びするようにとのことでございます」

雨をものともせず告げてきた。

「法源殿が」

征一郎は躊躇う風を装ったが、

「是非にとのことにございます」

雨に濡れながら懇願する小坊主の顔を見れば断ることはできなかった。

「ならば、少々、立ち寄り申そう」

征一郎は小坊主の案内で庫裏に向かった。小坊主は玄関に駆け込んだ。玄関に入ると、水盥が用意されている。征一郎は手拭で着物を拭い、盥で足を洗った。脇で控える小坊主の案内で奥へ向かう。

屋根を打つ雨音がやけに耳につく。征一郎は小坊主に従い、渡り廊下を歩いて突き当たりの離れ座敷に通された。

「よう、まいられた」

法源の声がした。艶の良いよく通る声だ。それを聞くだけで元気そうだと分かった。

「失礼つかまつる」

征一郎は障子を開け中に入った。法源は茶釜の前に座り、ニッコリ微笑んでいた。髪や髭はきれいに剃られすっかり血色が良くなっている。

「お元気になられたようですな」

征一郎はまず声をかけた。

「花輪殿のおかげじゃ」

法源は満面に笑みを広げた。

「なんの、自分の役目を果たしたまででござります」

征一郎は軽く頭を下げた。

「いや、いや、ご謙遜には及ばん」

法源は茶を点《た》て征一郎の前に置いた。征一郎は茶を喫した。心洗われる思いがした。開け放たれた障子から裏庭が望めた。降りしきる雨の中、紫陽花が花を咲かせている。

「征一郎殿といい、征史郎殿といい、花輪殿ご兄弟は命の恩人じゃ」

法源の言葉に征一郎は小首を傾げ、

「そういえば、征史郎とは餅の大食い大会にご出席になられたのでしたな。しかし、命の恩人とは、いかなることで」

「それが、おかしなことなのじゃ」

法源は思い出し笑いをした。ひとしきり笑い終わるまで征一郎は待った。

「いや、失礼申し上げた。実はな、その大食い大会で、わしはみっともないことに少々食い意地が張りすぎて」

法源は餅を食べているうちに喉を詰まらせてしまった。それを助けたのが征史郎だったのだ。征史郎は優勝目前であったが、自分の優勝を犠牲にして法源の命を助けたのだという。

「そうでしたか、征史郎が」

征一郎は照れ笑いとも苦笑ともつかない笑いを浮かべた。

「ですから、ご兄弟共々、我が命の恩人ということですな」

法源はにんまりとした。

「では、我ら兄弟は極楽へ行けますかな」

征一郎は珍しく軽口を叩いた。法源は笑みを深めた。

「時に征史郎殿はいかがされておられますかな」

「はい、あ奴めは暢気《のんき》にも都などへ行っております。そろそろ帰る頃ですが……」

「ほう、都へ。剣術修行ですかな」

法源は自分の目安箱への投書がきっかけとなって征史郎が京へ旅立ったとは噯気《おくび》にも出さない。

「あ奴のこと、真面目に剣術修行などしておるとは思えませぬが」

「京の菓子の大食い大会にでも出場しておるのではないですかな」

法源が言うと二人は声を放って笑った。ひとしきり笑い合ってから、

「実はな、本日お呼び立ていたしたのは貴殿への礼と詫びを言わねばならないからなのじゃ」

法源は笑顔こそ絶やしていないが、その目は緊張を帯びていた。征一郎は静かに口をつぐんだ。法源は気持ちを落ち着けようと茶を点てた。

「礼とは申すまでもなく、わしと仁大寺を救うてくださったこと。一方、詫びとは、花輪殿をたばかったことじゃ」

征一郎の目が光った。

「たばかったとは」

「神君御書付のことじゃ」

法源は言った。

「御書付……」

征一郎は啞然とした。

「そうじゃ」

法源は人を食ったような老獪な顔になった。

「まさか、品川の土地の話は作り話でありますか」

「いいや、全くの作り話ではない。東照大権現さまより下賜されたのはまこと。あとのことは、ははは」

法源は肩を揺すって笑いだした。征一郎はしばらく啞然としていたが、釣られるように笑い声を上げた。

「まったく、食えぬ御仁じゃ」

征一郎は法源のしぶとさ、腹のすわりように感嘆した。

「わしの役目はこの寺を残すこと。そのためには……」

法源は笑いを消した。

征一郎はこのことを忠光に上申すべきか迷ったが、自分の腹に収めておこうと覚悟を決めた。

「武士のうそを武略、仏のうそを方便と申す、とは明智《あけち》光秀《みつひで》の言葉でしたな」

征一郎は、茶をもう一服所望した。法源は無言で茶を点てた。

・騙されたにもかかわらず妙にすがすがしい気持ちになった。庭の紫陽花の紫が雨に煙り、目に鮮やかに残った。

第九章　帰　還

一

その翌日の夕刻、征史郎は自宅に戻った。朝から降り続いた雨はどうにかやみ、どんよりとした雲が茜空に点在していた。征史郎は表門からは入らず、いつもの通り、裏門から隠れるようにして入った。もちろん、後ろめたいことをしているわけではないのだが、久しぶりに征一郎一家と顔を合わせることが面映いのだ。

足軽が住む下中《げちゅう》長屋にある自宅に目を向けると、隣家に住む足軽添田俊介《そえだしゅんすけ》の女房お房《ふさ》が猫の額ほどの庭の草刈りをしていた。欅《けやき》の木陰に入ってしばらく様子を眺めていると、征史郎の願いが通じたのかお房は間もなく家の中に引っ込んだ。

征史郎は今だとばかりに忍び足で自宅に向かい、そっと戸を開けた。建てつけが悪

いためすぐには開かなかったが、軋ませながらもどうにか開けることができた。と、身体を中に入れようとした時、

「わあ!」

背中を押され、征史郎は心臓が飛び出しそうになった。振り返ると幼子がいる。

「こら、亀千代《かめちよ》、おどかすな」

征史郎は怖い顔をした。亀千代はニコニコしながら、

「叔父上、お帰りなさい」

と、見上げてくる。征史郎は愛おしさが胸にこみ上げ、たまらず抱き上げた。

「ただいま。達者だったか」

征史郎は亀千代に頰ずりをした。亀千代は笑い声を上げながらも、

「痛い、痛うございます」

と抗った。征史郎の頰は無精髭に覆われていた。月代《さかやき》も伸び放題だ。

「すまん、すまん」

征史郎は亀千代を両手で高々と頭上に持ち上げた。亀千代は朗らかな笑い声を上げた。

「おお、重くなったな」

「はい、叔父上に負けないくらい飯を食べておりました」

「そうか、偉いぞ」

征史郎は亀千代を下ろし頭を撫でた。すると、

「まあ、征史郎さま。お帰りなさりませ」

女中頭のお清《きよ》だった。お房も顔を出した。

「お殿さまはお城から戻っておられますよ」

お清に促され征一郎へ帰還の挨拶をしに行くことになり、亀千代を肩車しながら御殿の玄関に至った。

「奥さま、征史郎さまがお帰りになられましたよ」

お清が声を放った。すぐに、子供達が現れた。みな、好奇に目を輝かせ嬌声を上げながら抱きついてくる。

「これ、これ、叔父上に面倒をかけるのではありません」

志保が楚々としたたたずまいでゆるりとした足を運んで来た。

「姉上、ただいま戻りました」

征史郎は頭を下げた。志保は式台に正座した。亀千代と香奈《かな》、佐奈《さな》達も志保の横で正座する。香奈は五歳、佐奈は四歳だ。征一郎と志保にはこの三人のほかに三歳の次

男、二歳の三女、さらには生後半年の四女がいる。子宝に恵まれた仲の良い夫婦だ。

「お戻りなされませ」

志保は丁寧に頭を下げた。それを倣《なら》い子供たちも、一斉に、「お戻りなされませ」と唱和した。征史郎は頭を掻き照れていたが、頰を引き締め、

「ただいま」

と、挨拶を返した。

「兄上は書斎ですか」

「はい、おられますよ」

志保に導かれ征史郎は廊下を奥に進み、征一郎の書斎の前で座った。

「殿、征史郎殿がお戻りになりましたよ」

志保は襖越しに声をかけると、

「入れ」

征一郎の短い声が返された。志保は、「では」と去って行き、征史郎は襖を開けた。

征一郎は振り返りもせず、見台に書物を置き書見をしている。征史郎はうつむき加減に身体を入れ正座した。悪いことをしていないのに兄の前に出ると、つい伏目がちになってしまう。

「ただいま戻りました」

征史郎が言うと、

「うむ」

征一郎はようやく書物から顔を上げ振り返った。たちまち、顔をしかめ、

「なんだ、そのむさ苦しい顔は」

征史郎の無精髭と伸びた月代に非難の目を向けてきた。

「すみません」

征史郎は旅の垢《あか》を落とし、明朝挨拶に来るつもりだったと腹の中で言い訳しながらもそれを口に出せず頭を下げるのみだ。

「剣術修行はいかがであった」

征一郎は表情を崩さない。

「はい、かなり得るものがあったと存じます」

征史郎の脳裏を伝説の太刀鬼斬り静麻呂、それに南郷や伊賀者との死闘が過《よ》ぎった。

「そうか」

征一郎の目元がわずかに綻んだ。征史郎の言葉の奥に弟の成長を感じているようだ。

征史郎は道中嚢から風呂敷包みを出し、

「これ、都の土産です」

西陣織の財布を取り出した。征一郎はちらりと一瞥をくれ、

「そうか。心遣い、すまぬ」

財布を取り、文机の上に置いた。

「では、これにて」

征史郎は腰を浮かしたが、

「ああ、そうだ。仁大寺の法源殿とお会いする機会があった」

征一郎は事もなげに話題を振ってきた。毛念寺の一件に征一郎が関わったのかと征史郎は直感したが、それは口にせず、

「そうですか」

「おまえのこと感謝されておられた。命の恩人だとな」

征一郎はおかしそうに笑った。征史郎はひょっとして餅の大食い大会のことかと思い至った。厳格な兄が笑うのを見て楽しくもなった。征一郎はひとしきり笑うと、征史郎が予想したように餅の大食い大会のことを話した。

征史郎は辞去し、玄関に向かった。

すると、それを待ちかねたように子供達が抱きついてくる。みな、口々に、「遊ん

でください」を連呼した。それを、志保やお清がなだめる。征史郎は玄関脇の控えの間に入り、子供達への土産を広げた。

「これは、亀千代だ」

征史郎はまず、嫡男の亀千代に西陣織の巾着を手渡した。亀千代ははしゃぎながら受け取った。続く、香奈と佐奈もうれしそうに顔を火照らせ、おはじきを受け取る。残る三人の子供達への土産は志保に託した。

征史郎が土産を配り終わったところで、

「さあ、叔父上は旅でお疲れなのです。明日にして、今日のところは休みなさい」

志保が促すと不満顔を見せる香奈と佐奈を亀千代は、

「さあ、叔父上さまにお礼を言って休むのです」

舌足らずの口調ながらしっかりとなだめた。征史郎は、

「偉いぞ、さすがは花輪家の跡取りだ」

と、頭を撫でた。亀千代はぺこりと頭を下げる。香奈と佐奈も一緒に礼の言葉とお休みの挨拶をして部屋を出た。子供達がいなくなった部屋はがらんとした空気が漂った。

「征史郎殿、お心遣いかたじけのうございます」

志保は丁寧に頭を下げた。

「なんの、ほんの間に合わせ程度ですみません」

「いいえ、子供達は大喜びです」

「ああ、そうだ、姉上にも」

征史郎は袱紗包みを広げ、友禅染の匂い袋を取り出した。

「あら、うれしい」

志保は彩り豊かな袋を見て笑みをこぼした。

「なにぶん、わたしの見立てですから、姉上に気に入っていただけるかどうか」

征史郎は照れたように頭を掻いた。

「とても、素敵ですよ。良い香りだこと。京の都を感じます」

志保は何度も礼を言った。

「では、これにて」

征史郎はやれやれと腰を上げた。

「本当はわたくしなどへではなく、もっとふさわしい人に差し上げた方がいいのですよ」

志保はからかい半分に言った。征史郎は早苗のことが脳裏をかすめたが、

「まあ、それは、いずれまたということで」

志保の視線を逸らし、そそくさと玄関に向かった。玄関に着いたところで、

「明日は、道場へ行ってまいります」

心なしか元気な声を放った。早苗に会えると思うと、胸がうずいた。

二

征史郎は下谷山崎町一丁目の坂上道場に赴いた。真新しい六ひょうたん小紋の小袖に草色の袴を穿き、月代や髭を入念に剃り上げている。雨こそやんでいるが、空は厚い雲が広がり梅雨らしい湿っぽい風が吹いていた。

征史郎は、坂上道場に十歳で入門し、弥太郎の父弥兵衛《やへえ》に剣術指南を受けた。体格に恵まれたこともあり、剣術の腕はみるみる上達していった。ところが、腕に慢心するようになった征史郎は、いつしか、部屋住み仲間と徒党を組んで、無頼の徒へと身を落とした。岡場所を徘徊し、酒に酔っては乱暴を働くようになったのだ。

そんな、すさんだ暮らしをしていても、征史郎の剣は道場では無敵だった。それが

征史郎をますます増長させた。弥兵衛は、剣の修練を通じて征史郎を更生させることにした。

征史郎は、弥兵衛に徹底して叩きのめされた。朝から晩まで、休む間もなく、組太刀稽古を行った。若さみなぎる征史郎が六十の齢《よわい》を重ねる老剣客によって完膚なきまでに叩きのめされたのである。

征史郎との激しい稽古が終わっても、息一つ乱さない弥兵衛の姿を目の当たりにし、己の剣がいかに不完全なものであるのか。いかに、慢心に満ちた剣であるかを思い知らされた。両手をつき、おのが行状を改めるからと、教えを請う征史郎に弥兵衛は剣の修練とは、同時に精神の修練であることを諭した。征史郎にとって、弥兵衛は、剣の師から人生の師となったのである。

その弥兵衛が一昨年の六月に亡くなった。道場は、息子の弥太郎が継いだ。弥太郎は、弥兵衛譲りの剣の腕と誠実な人柄を有する若者である。歳は征史郎より一つ下の二十五歳だ。

ところが昨年、弥兵衛の一周忌法要をすませたところで師範代海野玄次郎《うんのげんじろう》が大勢の門人を引き連れ、坂上道場から独立してしまった。

折から、道場を増改築していた坂上道場の台所事情は多額の借財に加え、門人数の激減によって苦しいものになった。

征史郎は、亡き師への恩、弥太郎への友情、そして早苗への想いから江戸で催される大食会に出場し賞金を稼ぎ、得た金を道場の借財返済にあてている。目安番の役目を引き受けたのも、忠光から与えられる役目成功の礼金ゆえだった。


征史郎が木戸門を潜ると早苗と出くわした。早苗はいずこかへ使いに出かけると見え、小走りに出て来た。紫のお高祖頭巾《こそ》をかぶり、地味な萌黄色の小袖を着て手には風呂敷包みを持っている。

「これは、征史郎さま。いつお帰りに」

早苗は匂い立つような笑顔を向けてきた。征史郎の胸に熱いものがこみ上げた。

「昨日の夕刻です」

征史郎は言って、早苗に土産の簪を渡そうか迷ったが、

「まあ、わざわざ、お越しくださいまして」

早苗は色々と話がある風だったが、

「すみません。使いに出ますので」

申し訳なさそうに漏らすと足早に立ち去った。征史郎はその後ろ姿を名残惜しそう

に見送ってから道場に入った。まずは、恩師坂上弥兵衛の仏前に帰還の報告をしようと母屋に足を向けた。

「失礼つかまつる」

征史郎は玄関で声を放つと、すぐに、

「おお、よう帰られた」

紺の道着に身を包んだ弥太郎が現れた。

「昨夕、戻りました」

征史郎は言うと、玄関に上がり廊下を奥に進んで仏間に入った。黒檀の仏壇の前に座り両手を合わせる。

(先生、都で薩摩示現流と手合せしました)

征史郎は都での出来事を心の中で語りかけた。語るうちに死闘が甦り全身が熱く火照った。ひとしきり報告を終えたところで、客間に向かった。

「旅の疲れも取れぬうちに、わざわざ、お越しくださり、まことにかたじけない」

弥太郎は律儀な物言いで挨拶してきた。

「なんの」

征史郎は持参した土産品を取り出した。

「これは、弥太郎殿へ」

征史郎は西陣織の財布を渡した。

「これは、お心遣い痛み入ります」

弥太郎は頭を下げた。征史郎はそれから、もぞもぞとした動作で簪を取り出した。本当は直接手渡したかったのだが、使いに出ているため会えるかどうか不安だったのだ。

「それから、これを早苗殿に」

征史郎はおずおずと簪を差し出した。

「これは、美しい。早苗も喜ぶでしょう」

「今しがた、門で行き逢ったのですが、どこぞかへお使いですか」

征史郎は世間話のように聞いたつもりだが、弥太郎の顔がわずかに暗くなった。それを見て、

「いかがされた。ひょっとして、借財の手当てでござるか」

腕に持っていた風呂敷包みを思い浮かべた。あの中には着物が入っているのではないか。いずこかの質屋か古着屋にでも持って行くのであろう。

「少々、物要《い》りで」

弥太郎は目を伏せた。征史郎は責任を感じ、言葉を詰まらせた。

「いや、征史郎殿にご心配をおかけするようなことではござらん」

弥太郎は元気な声を出した。

「いや、そんな水くさいことを」

征史郎は今回の手柄で忠光からまとまった礼金がもらえることに期待を寄せた。きっと、道場の借財返済に役に立てるであろう。

弥太郎は借財のことを頭から払うように、

「征史郎殿、刀、都でこしらえられたのですか」

興味津々の目を向けてきた。征史郎は鬼斬り静麻呂を弥太郎に見せた。弥太郎は目を輝かせながら手に取った。

「都で刀が折れましてな」

征史郎は逗留した宿坊の裏庭で素振りをしていた時に木の幹にぶつけ折ってしまったのだと作り話をした。弥太郎は疑う素振りも見せず、鬼斬り静麻呂に見入った。

「見事な拵えですな」

弥太郎は抜き身をため息混じりに眺めた。

「ひょんなことから鞍馬に住む刀鍛冶と知り合いましてな、その者の好意で無償で受け取ったのです」

　征史郎が言うと弥太郎はしきりと首を縦に振った。

「征史郎殿ならでは、このような長寸の刀、用いることできますまい」

　弥太郎は朱塗りの鞘に納めた。

「いやあ、これを実際に使う機会はないと存じますが」

「それにしましても、見れば見るほど、見事な業物」

　弥太郎はしきりと誉めそやした。征史郎は弥太郎に誉められたことでこの剣を益々好きになった。

「弥太郎殿、しばらくぶりに汗を流しますか」

　征史郎が声をかけると、

「いいですな」

　弥太郎も顔を輝かせた。二人は早速道場に向かった。玄関脇の控えの間で征史郎は手早く紺の道着に着替えた。着替え終わって道場の板敷きに立った。どんよりとした空の下、武者窓からは生暖かい風が吹き込んでくる。床はじめりとしていた。

　門人が数人稽古していたが、征史郎の姿を見ると緊張感を顔に走らせた。征史郎は気軽に声をかけ、中央に立った。弥太郎も真ん中に立ち、

「いざ」

声を放ってきた。稽古中の門人達も思わず手を休め好奇に満ちた視線を向けてくる。

「いざ」

征史郎は木刀を持った。二人は相正眼で間合い三間に保ち対峙した。弥太郎が突きを入れてくる。征史郎は木刀で払った。弥太郎は振りぬきざま、大上段から振り下ろしてきた。征史郎はこれも払う。

今度は征史郎が踏み込んだ。猛然と木刀を振り下ろす。弥太郎が今度は受ける。それから征史郎は休むこともなく攻め続けた。

道場内は水を打ったように静かになり、二人の木刀がぶつかり合う音、二人の気合い、足音、息使いが重苦しく覆いつくした。門人達は自分達が稽古をしているような緊張感と真剣さで二人を見守った。

やがて、

「これまでにいたそう」

征史郎は笑顔を広げ木刀を下げた。弥太郎も素直に応じた。征史郎は心地よい汗を手拭で拭った。

「征史郎殿、京の都でさらに腕を磨かれましたな」

弥太郎は心底そう思っているようだ。

「いやあ、大したことは」

征史郎は謙遜したが、

「いや、世辞などではござらん。なんというか、剣がより大きなものになったとでも申しましょうか。きっと、あの刀が征史郎殿の剣を大きくしたのではないでしょうか。いや、わたしごとき者が偉そうなことを」

征史郎は薩摩示現流の遣い手南郷との死闘が知らず知らずのうちに自分の剣を高めていたことを自覚した。

(命のやり取りが剣を上達させるのか)

征史郎は南郷の行方に思いを巡らせた。今頃、どこで何をしているのだろう。そんな征史郎の思いを断ち切るように、

「早苗が戻ったようです」

弥太郎は武者窓から見える早苗の姿に目をやった。

「もう、一番やりますか」

征史郎は言ったが、

「いえ、今日のところは」

弥太郎は言うと、さきほどの土産を直接早苗に渡して欲しいと言ってきた。征史郎は躊躇いながらも、言葉を交わしたくなり道場を出て母屋に向かった。玄関で早苗を呼び、一緒に客間に入った。

「これ、都の土産でござる」

征史郎は極力気持ちを表に出さないよう事務的な口調で言った。早苗はにっこり微笑み、

「まあ、とてもきれい」

無邪気に喜んでくれた。この笑顔の奥に、道場のやりくりに苦労する姿があるのだと思うと、征史郎は胸が痛む。

「わたしの見立てですので、お似合いかどうか」

征史郎は頭を掻いた。

「今日から髪に挿します」

早苗は言葉通り簪を勝山髷に結った髪に挿し征史郎を見た。そして、

「都ではお美しい女人が多かったでしょう」

悪戯っぽい笑みを送ってきた。征史郎は綾乃のことが脳裏をかすめ、

「そんなことはござらん」

つい、強い口調で否定した。すると、早苗は笑みを深め、

「あら、きっと素敵な女性と巡り逢われたのですわ」

「そんなこと、ござらん」

征史郎はつい語気を荒げたため、「すみません」と軽く頭を下げた。早苗は笑顔を絶やすことはなかった。

「あの、近々、多少のまとまった金が入ります」

征史郎が言うと早苗の眉間に小さな皺が刻まれた。それから、

「どうぞ、お気遣いなく」

「いえ、わたしが勝手にやっていることですから」

征史郎は言うと腰を上げた。

三

征史郎は坂上道場を出ると、忠光邸に報告に行く前に浅草新寺町を浅草寺の方へ足を向けた。忠光が下城するまでにはまだ間がある。暇を潰す必要があるのだ。

別に行く宛てなどなかったのだが、浅草寺裏の繁華街奥山に行ってみたくなったの

だ。京の料理も酒もうまかったが征史郎にはやはり奥山の雑多な床店で食する蕎麦や天麩羅、蒲焼が恋しい。

そう思うと、曇り空ながら気持ちが浮き立ってきた。

征史郎は足取りも軽く歩を進めると、向こうから深編笠をかぶった浪人風の男がやって来る。征史郎はどきりとした。

――南郷庄之進――

果たして、

「花輪征史郎、無事帰り着いたな」

笠を上げ、日に焼けた顔を見せた。

「おまえ、江戸に何しにやって来た」

征史郎は悪い予感がした。

「決まっておる。おまえとの勝負の決着をつけるためじゃ。都ではいらぬ邪魔立てが入り、水を差されたままになっておった」

「大津で決着がついたと思ったがな」

征史郎は返したものの、南郷が納得するはずはないと思ってもいた。案の定南郷は鼻で笑い、

「真剣で立ち合った以上、どちらかが命を落として初めて決着がついたと言えるのではなかか」

「そうか、ならば、早速、決着をつけるといたそう」

征史郎には最早、迷いはなかった。

「そうこなくてはな」

南郷は笑みを漏らした。

征史郎は人目につかない所と、いつか海野玄次郎と手合わせをした。火事跡の空き地に足を向けた。雨に濡れた雑草が生い茂る殺風景な空間が広がっている。二人は刀の下げ緒で襷掛けをし準備を整えた。

「いざ」

征史郎は刀を八双に構えた。

南郷は不敵に顔を歪めると、いきなり、征史郎にくるりと背中を見せ駆けだし、およそ半町ほども離れた所で立ち止まり振り向いた。そして、やおら刀を示現流の構えにし、そのまま火の玉になって駆け寄って来る。

征史郎は刀を下段に構え、走りだした。

二人は声を出さず、一陣の風のように交じり合い、そのまま走り抜けた。行き違ってからも征史郎はしばらく走り、ゆっくりと振り返った。

ほぼ同時に南郷も征史郎を見た。

南郷の顔に笑みが浮かんだ。

見たこともないうれしげで平穏な顔だった。征史郎は刀を懐紙で拭い、鞘に納めた。

同時に胴を割られた南郷が前のめりに倒れた。


征史郎は奥山にやって来た。床店を冷やかしていると、

「なんだ、どこへ行ってたんですよ」

調子のいい声がした。頭を丸め、派手な小紋の着物を着流し色違いの羽織を着て扇子をぱちぱちとやっている。見るからに幇間といった男だ。

「久蔵《きゅうぞう》、しばらくだな」

征史郎は言った。

「しばらく、じゃござんせんよ。一体、どこへ雲隠れなすってたんで」

「京の都だよ」

征史郎は蕎麦屋を見つけ、久蔵を誘った。大勢の客で賑わう蕎麦屋の入れ込みの座敷に座り、盛り蕎麦と酒を注文した。

「京って言いますと、京ですか」

久蔵が言うと、

「当たり前だ。ほかに京の都があるか」

征史郎は笑った。

「これは、おつでげすな。で、都では大食い大会に出場されましたか」

久蔵は興味津々となった。

「そんな、暇はなかった」

「へえ、それじゃ、何しに行かれたんです」

「おれはなにも四六時中、大食いをしているわけではないぞ」

「では、お座敷に」

久蔵は笑った。

「まあ、茶屋にはつきあいで行ったがな」

「いよ、凄い」

久蔵は扇子で征史郎をあおいだ。それから、京での茶屋遊びについてあれこれ聞いてきた。適当な話を返しているうちに、南郷との真剣勝負で張り詰めた緊張が解《ほぐ》れるようだ。

やがて、蕎麦が運ばれて来た。

「やはり、蕎麦は江戸にかぎるな」

征史郎はたちどころに、三枚の蕎麦を手繰るとさらに三枚追加し酒をうまそうに飲んだ。

「そう、そう、今度の蕎麦の大食い大会ですがね」

久蔵は蕎麦味噌を舐めながら酒を飲んでいる。

「いつだっけな」

征史郎も蕎麦味噌を舐め、立て続けに酒を猪口に三杯飲み干した。

「明後日ですよ」

「そらまた急だな」

征史郎は顔をしかめた。

「そんなこと、おっしゃったって、若が知らなかっただけですよ。京の都で芸妓、舞妓を上げてどんちゃん騒ぎをなすっていらしたんでげすからね」

「芸妓、舞妓とどんちゃん騒ぎなんかするものか」

征史郎は苦笑を浮かべた。

「ともかく、がんばってくださいよ」

「ああ。任せとけ」

　征史郎は胸を叩いた。

「今度は、為五郎《ためごろう》の奴、闘志むき出しでげすよ」

　為五郎とは仙台藩お抱えの力士百川《ももかわ》為五郎のことである。征史郎とはたびたび大食い大会で顔を合わせる好敵手だ。

「そうか、為五郎の奴、藩からも気合いをかけられているんだろう」

「それは、もう大変なものらしいです。で、為五郎は若を名指しして負けんと息巻いているとか」

　征史郎は、「勝手にしろ」と鼻で笑った。そこへ、蕎麦が運ばれて来た。

「面白い。受けて立ってやろうじゃないか」

　征史郎は言うや蕎麦を猛烈な勢いで手繰った。それを久蔵は頼もしげな眼差しで見上げる。

　勝負もこういうものであれば相手を傷つけることはない。しかし、闘食中に喉を詰まらせたり、心臓に負担をもたらして死ぬこともある。食べるといっても闘う以上、命がけである。

　征史郎はふと、餅の大食い大会での法源を思い出し笑みが浮かんだ。

「そうか、為五郎、くるならこい」

征史郎は勢いあまって久蔵の蕎麦にも箸を伸ばした。久蔵は拒むどころか、頼もしげに差し出した。

二見時代小説文庫

孤剣、闇を翔ける 御庭番宰領
大久保智弘[著]
時代小説大賞作家による好評「御庭番宰領」シリーズ、その波瀾万丈の先駆作品。無外流の達人鵜飼兵馬は公儀御庭番の宰領として信州への遠国御用に旅立つ。

吉原宵心中 御庭番宰領3
大久保智弘[著]
無外流の達人鵜飼兵馬は吉原田圃で十六歳の振袖新造・薄紅を助けた。異様な事件の発端となるとも知らずに……ますます快調の御庭番宰領シリーズ第3弾

逃がし屋 もぐら弦斎手控帳
楠木誠一郎[著]
隠密であった記憶を失い、長屋で手習いを教える弦斎。旧友の捜査日誌を見つけたことから禍々しい事件に巻き込まれてゆく。歴史ミステリーの俊英が放つ時代小説

ふたり写楽 もぐら弦斎手控帳2
楠木誠一郎[著]
手習いの師匠・弦斎が住む長屋の大家が東洲斎写楽の浮世絵を手に入れた。だが、落款が違っている。版元の主人・蔦屋重三郎が打ち明けた驚くべき秘密とは…

刺客の海 もぐら弦斎手控帳3
楠木誠一郎[著]
弦斎の養女で赤ん坊のお春が拐かされた！ 娘を救うべく単身、人足寄場に潜り込んだ弦斎を執拗に襲う刺客！ そこには、彼の出生の秘密が隠されていた！

初秋の剣 大江戸定年組

風野真知雄［著］

現役を退いても、人は生きていかねばならない。人生の残り火を燃やす元・同心、旗本、町人の旧友三人組が厄介事解決に乗り出す。市井小説の新境地！

菩薩の船 大江戸定年組2

風野真知雄［著］

体はまだつづく。やり残したことはまだまだある。引退してなお意気軒昂な三人の男を次々と怪事件が待ち受ける。時代小説の実力派が放つ第2弾！

起死の矢 大江戸定年組3

風野真知雄［著］

若いつもりの三人組のひとりが、突然の病で体の自由を失った。意気消沈した友の起死回生と江戸の怪事件解決をめざして、仲間たちの奮闘が始まった。

下郎の月 大江戸定年組4

風野真知雄［著］

隠居したものの三人組の毎日は内に外に多事多難。静かな日々は訪れそうもない。人生の余力を振り絞って難事件にたちむかう男たち。好評第4弾！

金狐の首 大江戸定年組5

風野真知雄［著］

隠居三人組に奇妙な相談を持ちかけてきた女は、大奥の秘密を抱いて宿下がりしてきたのか。女の家を窺う怪しげな影。不気味な疑惑に三人組は…。待望の第5弾

善鬼の面　大江戸定年組6
風野真知雄［著］

能面を被ったまま町を歩くときも取らないという小間物屋の若旦那。その面は、「善鬼の面」という逸品らしい。奇妙な行動の理由を探りはじめた隠居三人組は…

神奥の山　大江戸定年組7
風野真知雄［著］

隠居した旧友三人組の「よろず相談」には、いまだ解けぬ謎があった。岡っ引きの鮫蔵を刺したのは誰か？その謎に意外な男が浮かんだ。シリーズ第7弾！

栄次郎江戸暦　浮世唄三味線侍
小杉健治［著］

吉川英治賞作家の書き下ろし連作長編小説。田宮流抜刀術の名手矢内栄次郎は部屋住の身ながら三味線の名手。栄次郎が巻き込まれる四つの謎と四つの事件。

間合い　栄次郎江戸暦2
小杉健治［著］

敵との間合い、家族、自身の欲との間合い。一つの印籠から始まる藩主交代に絡む陰謀。栄次郎を襲う凶刃の嵐。権力と野望の葛藤を描く渾身の傑作長編。

見切り　栄次郎江戸暦3
小杉健治［著］

剣を抜く前に相手を見切る。誤てば死―何者かに襲われた栄次郎！彼らは何者なのか？なぜ、自分を狙うのか？武士の野望と権力のあり方を鋭く描く会心作！

快刀乱麻 天下御免の信十郎1
幡大介［著］

二代将軍秀忠の世、秀吉の遺児にして加藤清正の猶子、波芝信十郎の必殺剣が擾乱の策謀を断つ！雄大な構想、痛快無比！火の国から凄い男が江戸にやってきた！

獅子奮迅 天下御免の信十郎2
幡大介［著］

将軍秀忠の「御免状」を懐に秀吉の遺児・信十郎は、越前宰相忠直が布陣する関ヶ原に向かった。雄大で痛快な展開に早くも話題沸騰 大型新人の第2弾！

刀光剣影 天下御免の信十郎3
幡大介［著］

玄界灘、御座船上の激闘。山形五十七万石崩壊を企む伊達忍軍との壮絶な戦い。名門出の素浪人剣士・波芝信十郎が天下大乱の策謀を阻む痛快無比の第3弾！

暗闇坂 五城組裏三家秘帖
武田櫂太郎［著］

雪の朝、災厄は二人の死者によってもたらされた。伊達家六十二万石の根幹を蝕む黒い顎が今、口を開きはじめた。若き剣士・望月彦四郎が奔る！

月下の剣客 五城組裏三家秘帖2
武田櫂太郎［著］

〈生類憐みの令〉の下、犬が斬殺された。現場に残された崑崙山の根付――それは、仙台藩探索方五城組の印だった。伊達家仙台藩に芽生える新たな危機！

二見時代小説文庫

夏椿咲く　つなぎの時蔵覚書

松乃 藍［著］

父は娘をいたわり、娘は父を思いやる。秋津藩の藩金不正疑惑の裏に隠された意外な真相！鬼才半村良に師事した女流が時代小説を書き下ろし

桜吹雪く剣　つなぎの時蔵覚書2

松乃 藍［著］

藩内の内紛に巻き込まれ、故郷を捨て名を改め、江戸にて貸本屋を商う時蔵。春…桜咲き誇る中、届けられた一通の文が、二十一年前の悪夢をよみがえらせる…

日本橋物語　蜻蛉屋お瑛

森 真沙子［著］

この世には愛情だけではどうにもならぬ事がある。土一升金一升の日本橋で店を張る美人女将が遭遇する六つの謎と事件の行方……心にしみる本格時代小説

迷い蛍　日本橋物語2

森 真沙子［著］

御政道批判の罪で捕縛された幼馴染みを救うべく蜻蛉屋の美人女将お瑛の奔走が始まった。美しい江戸の四季を背景に人の情と絆を細やかな筆致で描く第2弾

まどい花　日本橋物語3

森 真沙子［著］

〝わかっていても別れられない〟女と男のどうしようもない関係が事件を起こす。美人女将お瑛を捲き込む新たな難題と謎…。豊かな叙情と推理で描く第3弾

秘め事　日本橋物語4

森 真沙子［著］

人の最期を看取る。それを生業とする老女瀧川の告白を聞き、蜻蛉屋女将お瑛の悪夢の日々が始まった…なぜ瀧川は掟を破り、触れてはならぬ秘密を話したのか？

二見時代小説文庫

雷剣《らいけん》の都《みやこ》　目安番《めやすばん》こって牛征史郎《うしせいしろう》4

著者　早見《はやみ》　俊《しゅん》

発行所　株式会社　二見書房
東京都千代田区三崎町二―一八―一一
電話　〇三―三五一五―二三一一［営業］
〇三―三五一五―二三一三［編集］
振替　〇〇一七〇―四―二六三九

印刷　株式会社　堀内印刷所
製本　ナショナル製本協同組合

落丁・乱丁本はお取り替えいたします。
定価は、カバーに表示してあります。

ISBN978－4－576－09025－2
http://www.futami.co.jp/

二見時代小説文庫

憤怒の剣 目安番こって牛征史郎
早見俊［著］

直参旗本千石の次男坊に将軍家重の側近・大岡忠光から密命が下された。六尺三十貫の巨躯に優しい目の快男児・花輪征史郎の胸のすくような大活躍！

誓いの酒 目安番こって牛征史郎2
早見俊［著］

大岡忠光から再び密命が下った。将軍家重の次女が輿入れする喜多方藩に御家騒動の恐れとの投書の真偽を確かめよという。征史郎は投書した両替商に出向くが…

虚飾の舞 目安番こって牛征史郎3
早見俊［著］

目安箱に不気味な投書。江戸城に勅使を迎える日、忠臣蔵以上の何かが起きる—将軍家重に迫る刺客！征史郎の剣と兄の目付・征一郎の頭脳が策謀を断つ！

雷剣の都 目安番こって牛征史郎4
早見俊［著］

京都所司代が怪死した。真相を探るべく京に上った目安番・花輪征史郎の前に驚愕の光景が展開される…。大兵豪腕の若き剣士が秘刀で将軍呪殺の謀略を断つ！

山峡の城 無茶の勘兵衛日月録
浅黄斑［著］

藩財政を巡る暗闘に翻弄されながらも毅然と生きる父と息子の姿を描く著者渾身の感動的な力作！本格ミステリ作家が長編時代小説を書き下ろし